［乌拉圭］
爱德华多·加莱亚诺 著
汪天艾 译

# 爱与战争的日日夜夜

Días y noches de amor y de guerra

Eduardo Galeano

天津出版传媒集团
百花文艺出版社

**图书在版编目(CIP)数据**

爱与战争的日日夜夜 /(乌拉圭)爱德华多·加莱亚诺著;汪天艾译. -- 天津 : 百花文艺出版社, 2020.9
ISBN 978-7-5306-7939-5

Ⅰ. ①爱… Ⅱ. ①爱… ②汪… Ⅲ. ①散文集-乌拉圭-现代 Ⅳ. ①I782.65

中国版本图书馆 CIP 数据核字(2020)第 161781 号



**爱与战争的日日夜夜**
AI YU ZHANZHENG DE RIRIYEYE
(乌拉圭)爱德华多·加莱亚诺著;汪天艾译

**责任编辑**:赵芳 **装帧设计**:郭亚红 **作者肖像**:邢程
**出版发行**:百花文艺出版社
**地址**:天津市和平区西康路 35 号 **邮编**:300051
**电话传真**: +86-22-23332651(发行部)
+86-22-23332656(总编室)
+86-22-23332478(邮购部)
**网址**:http://www.baihuawenyi.com
**印刷**:山东临沂新华印刷物流集团有限责任公司
**开本**:787×1092 毫米 1/32
**字数**:158 千字
**印张**:12.5
**版次**:2020 年 9 月第 1 版
**印次**:2020 年 9 月第 1 次印刷
**定价**:65.00元

如有印装质量问题,请与山东临沂新华印刷物流集团有限责任公司联系调换
地址:山东省临沂市高新技术产业开发区新华路 1 号
电话:(0539)2925659 邮编:276017

BOOKS
Unique 不可思议之书

## 作者简介

爱德华多·加莱亚诺，乌拉圭作家。1940年生于蒙得维的亚，14岁时发表政治漫画，20岁起先后担任过记者、编辑、主编。曾被军政府逮捕入狱，后长期流亡。1985年回到祖国。因犀利透彻、充满良知的写作，被誉为“拉丁美洲的声音”。2009年美洲峰会上，查韦斯将其代表作《拉丁美洲被切开的血管》送给奥巴马，引发全世界媒体关注。2015年4月13日，因病去世，乌拉圭举国哀悼。

## 译者简介

汪天艾，中国社会科学院外国文学研究所西班牙语文学研究者、译者，《世界文学》编辑。译有塞尔努达、皮扎尼克、洛尔迦、波拉尼奥等作品数种。

封面版画

《堂吉诃德》(*Don Quijote*)，墨西哥国民艺术家何塞·瓜达卢佩·波萨达(José Guadalupe Posada，1852—1913)作品。

这里讲述的一切，都真实发生过。作者按照记忆里保存的原样写下。为数不多的几个名字做了变动。

献给埃伦娜·比利亚格拉

在历史长河中，一如在大自然里，腐朽是生命的实验室。

卡尔·马克思[①]

① 爱德华多·加莱亚诺曾谈及这段题记的一则趣事：《爱与战争的日日夜夜》在德国出版时，编辑请教他这句话的准确出处。他忘了。他觅遍马克思的著作也没有找到；他翻了又翻，“将生命全都奉献给了寻找这句话”。这句话其实是法国哲学家乔治·巴塔耶（Georges Bataille，1897—1962）一篇随笔（La “vieille taupe” et le préfixe sur dans les mots surhomme et surréaliste，1929）的题记。

## 风吹上朝圣者的脸

在加拉加斯，埃达·阿马斯讲起她的曾祖父。[①]她知道得不多，因为故事开始的时候，曾祖父已年近七十，生活在克拉里内斯区深处的一个小村庄。他年事已高，穷困潦倒，体弱多病，而且，是个瞎子。可是谁也不知怎么回事，他和一个十六岁的姑娘结了婚。

可是总有人一再逃跑。不是她：是他。他一次次逃跑，一直走到大路上，蹲在大树中间等待头盔或轮胎的声响。然后走到十字路口，请求来车带自己去随便什么地方。

如今，他的曾孙女这样想象他：在驴屁股上一路大笑，或者脸朝后坐在牛车后面，被升腾的灰尘包裹，欢欣鼓舞地抖动着小鸟一样的双腿。

---

① 委内瑞拉首都加拉加斯是女诗人埃达·阿马斯（1955— ）出生地和故乡。

# 闭上眼我在海中间

我在布宜诺斯艾利斯丢过不少东西。尴尬也好，霉运也罢，总之没人知道那些东西最后都去哪儿了。我离开的时候只带了几件衣服和一小堆稿纸。

不过我不抱怨。那么多人都失踪了，在这种情况下，为丢失东西哭泣实在对痛苦有失尊重。

吉卜赛式的生活。那些东西陪伴过我然后离开。晚上还有，白天就丢失。我没有被这些东西囚禁；它们决定不了任何事。

我和格拉谢拉[①]分手的时候，背后留在蒙得维的亚的家完整无缺。古巴的蜗牛，中国的长剑，危地马拉的挂毯，碟片，书籍，全都留在那里了。带走任何东西都会是诈骗。

---

① 即爱德华多·加莱亚诺第二任妻子格拉谢拉·贝罗·罗维拉（Graciela Berro Rovira）。

因为它们全是属于她的，属于我们共享的时间，一段我深深感激的时间；我就这样上路了，走向未知，干净且了无负担。

记忆会保留一切值得记住的。记忆比我本人更了解我自己；它从不丢掉值得存档的东西。

我的内心深处激动万分：城市，人民，从记忆里剥落，向我航行：我出生的土地，有过的孩子，曾经让我灵魂成长的男男女女。

# 布宜诺斯艾利斯，1975年5月：石油是一个致命话题

## 1.

昨天，《观点报》[①]一个记者被发现死在埃塞萨[②]。他叫豪尔赫·莫内。手指被烧过，指甲拔光。

编杂志的时候，比利亚尔·阿劳霍细细咂着烟斗嘴问我：

“那么，什么时候轮到我们？”

我们相视而笑。

---

① 由阿根廷知名记者哈科沃·齐默尔曼（Jacobo Timerman，1923—1999）在布宜诺斯艾利斯创办的日报。1971年创刊。因揭露和谴责肮脏战争的暴行，受到阿根廷军政府及其支持的右翼组织的迫害。1977年被禁止发行前后，发生过数起针对该报记者及其他工作人员的绑架、拘禁和杀害。

② 布宜诺斯艾利斯西南约三十五公里处的一座城市。

在已经发行的那期《危机》①里，我们刊登了比利亚尔写的阿根廷石油调查报告的最后一部分。文章揭发了这个国家现行石油合同里的殖民条款，讲述了充满无耻行径和犯罪传统的行业历史。

只要事关石油，比利亚尔写道，没有任何死亡是意外。1962年10月，在贝亚维斯塔一幢独栋别墅里，蒂博尔·拜雷尼遭到枪击，三枪分别从三个不同角度打中身体的不同部位。根据官方书面报告，这是一起自杀。然而，拜雷尼并不是柔体杂技演员，他是壳牌公司的高层顾问。看起来他还同时担任数家美国公司的双面甚至三面间谍。更近一些的，今年2月，阿道弗·卡瓦利的尸体。卡瓦利以前当过石油工人同业工会的领导人，最后颜面扫地下台。失去权力显然让他的头脑变得好用。近来他预言石油业的国有化，而且更重要的是，他在军方有足够影响力。他在索达迪维拉被子弹做掉时手里拿着一个公文包。这个公文包失踪了。日报纷纷报道公文包装满了钱。犯罪动机是谋财抢劫。

比利亚尔把阿根廷的这些案件与国际上充满石油气味

① 爱德华多·加莱亚诺在布宜诺斯艾利斯主持的文化月刊。1973年5月起共出四十期。内容涵盖文学，艺术，流行文化，拉丁美洲政治、经济、历史等。介绍和刊载巴勃罗·聂鲁达、阿莱霍·卡彭铁尔、加西亚·马尔克斯、吉马良斯·罗萨、尼古拉斯·纪廉等作家作品，发表犀利的政治、经济评论，具有很大影响力。阿根廷进入肮脏战争时期，工作人员、撰稿人及周边作家、学者成为极右势力恐吓、绑架、杀害的目标。1976年七八月间，因无法忍受刊前送审，爱德华多·加莱亚诺和同事关闭了办公室，将钥匙扔进了拉普拉塔河。《危机》的工作人员和参与者，他们的名字和故事，有不少记载在本书中。

的暗杀联系起来，而且还在文中建议：“诸位读者，如果我写完这篇文章之后，过马路被小公交车轧扁，请尽管往坏处想，就一定没错。”

**2.**

新闻。比利亚尔兴致勃勃地在我办公室等我。有人给他打了电话，用十分紧张的声音说卡瓦利的公文包里装的不是钱，是文件。

“没人知道那是什么文件。只有我知道。因为是我把文件给他的。我很害怕。比利亚尔，我想让你也知道。那个公文包里有……”就在这时，咔。电话断了。

**3.**

昨晚比利亚尔·阿劳霍没有回家睡觉。

**4.**

我们四处找他。记者宣布罢工。内省日报今天都没出报。部长许诺亲自过问此事。警察否认掌握任何线索。我们在杂志社接到许多匿名电话，给出互相矛盾的信息。

**5.**

比利亚尔·阿劳霍昨夜出现了，在埃塞萨附近一条空荡荡的路上，活着。他和另外四个人一起被扔在那里。

过去两天他没吃没喝，头上一直罩着头套。他被审问文章信息的来源。他只看到了对方的鞋。

联邦警察发布对此事的声明，称比利亚尔·阿劳霍是被错拘了。

## 十年前，我参加了这部作品的总彩排

**1.**

今晚，有多少人会从家里被抓出来，拖进荒地，背后布满弹孔？有多少人会被切断手足，炸飞，焚烧？

恐怖从阴影里走出来，出手，又回到黑暗中。女人红肿的眼睛，空荡的椅子，碎成片的木门，某个再不会回来的人：危地马拉一九六七，阿根廷一九七七。

那是官方口中“和平一年”的危地马拉。但是，没人在瓜兰地区捕鱼，因为渔网捞到的都是人的尸体。直到今天，潮水还会把人的肢体送上拉普拉塔河岸。十年前，尸体从莫塔瓜河里浮出来，破晓时分在山谷或路边被发现：这些面目全非的脸再不会被认出来。先是威胁，然后是绑架，行凶，酷刑，暗杀。宣扬与“光荣的危地马拉军队”一起作战的NOA（新反共组织）拔掉敌人的舌头，切断左手。而围着政治打转的MANO（民族主义反共运动组织）在必死之人的门上标记黑十字。①

现在，在阿根廷科尔多瓦的圣罗克湖底出现了被绑上石头沉湖的尸体，而危地马拉农民在帕卡亚火山周围发现了一块秘密墓地，里面堆满腐烂的尸体和白骨。

**2.**

刑讯室里，施刑人在他们的受害人面前午餐。孩子被逼问父母的行踪；父母被吊起来用刺棒拷问孩子在哪儿。每日新闻："一群平民打扮的人，脸用黑头套遮住……他们开着四辆福特猎鹰②来了……所有人都全副武装，手枪，冲锋枪，伊萨卡霰弹枪③……第一批警力在屠杀一小时后到达。"犯人们从监狱里被拖出去冲锋陷阵，在冲突中死于"试图越狱"，而军方无一伤亡。布宜诺斯艾利斯的黑色幽

---

① 民族主义反共运动组织应指Movimiento de Acción Nacionalista Organizado，绰号白手（Mano Blanca）。它和新反共组织都是一种准军事单位，处决队或暗杀小组。不同的是前者隶属于军人集团支持的政党民族解放运动（Movimiento de Liberación Nacional），后者则与该国这一时期涌现的其他类似团体一样，是幽灵组织，供同一集团从事法律不允许的活动。白手接受美国绿贝雷的训练，从种植园主手中获取资金，通过军队情报机构搜集信息，从事炸弹袭击、街头暗杀等，并制造失踪。

② 因为阿根廷三A联盟行刑队和秘密警察经常驾着深绿色福特猎鹰进行活动，阿根廷福特汽车公司生产的这种汽车成为肮脏战争标志之一。

③ 指伊萨卡类型的霰弹枪。脱胎于美国伊萨卡枪械公司（Ithaca Gun Company）同类产品，其时系阿根廷当局标准装备。

默："我们阿根廷人，分成这几种：恐慌的，下狱的，埋葬的，流放的。"死刑是在1976年年中进入刑法的；不过在这个国家，每天都无审判无定罪地杀人。大多数都是没有尸体的死亡。智利独裁也毫不迟疑地模仿了这套杰出手法。一次公开枪决就可能引发国际丑闻：倒不如享受成千上万起失踪案的无罪推定。就像在危地马拉，亲人朋友踏上危险而无用的云游之旅，从一个监狱到另一个监狱，从一间牢房到另一间牢房，与此同时，尸体在野山或垃圾堆里腐烂。被失踪的技巧：没有抗议的犯人也没有守夜的殉道者。土地带走人民，政府洗洗手，表示与此无关：没有罪行可以告发，也没有必要给出任何解释：每个死人都死很多次，最后只在你的灵魂里留下一团惊恐而不确定的迷雾。

3.

但是危地马拉是拉丁美洲第一个大规模应用肮脏战争的试验场。由美国训练、指导并武装的人员推进灭绝计划。[①] 1967年是一个漫长得没有尽头的圣巴托罗缪之

① 肮脏战争是国家恐怖主义的代名词。20世纪60年代起发生在拉丁美洲的肮脏战争是一种由军事独裁政府发动，由准军事单位施行，通过恐吓甚至灭绝异己，来应对国内动荡和危机的国家恐怖主义。在阿根廷是1974至1983年，乌拉圭1973至1985年，墨西哥和巴西60年代中期至80年代中期，智利则是奥古斯托·皮诺切特·乌加特掌权后的70至80年代。规模最大、为害最烈的是危地马拉，与三十年内战（1966—1996）相始终，一国暴行"超过了智利、阿根廷和乌拉圭三国独裁者暴行的总和"。美国政府以人员、技术支持和资金援助的方式参与了这些肮脏战争。

夜[①]。

暴力早在几年前就已经在危地马拉开始，1954年6月的一个傍晚，卡斯蒂略·阿马斯的P-47型飞机遮天蔽日。随后，土地被交还给联合果品公司并通过了一部译成英文的新石油法案。[②]

三A联盟（阿根廷反共联盟）1973年10月首次公开亮相。[③]如果说危地马拉爆发肮脏战争是为了铁血镇压土地改革，而紧随其后的力度翻倍是为了抹去那些没有土地的农民的记忆，那么在阿根廷，恐怖的开始是胡安·多明戈·庇隆回到权力高位，辜负了此前漫长流亡中他从荒野上唤醒的民众的希望。布宜诺斯艾利斯的黑色幽默说："权力就像一把小提琴。左边握住就要用右边弹。"随后，1976年夏末，军人重新掌权玫瑰宫[④]。那时候工资只值一半的钱了。失业率成倍增加。罢工被禁。大学退回中世纪。跨国大企业重新控制燃料经销、银行储蓄和肉类谷物贸易。新的

① 指1572年8月23日夜天主教派屠戮至巴黎和谈的胡格诺派两千余人的事件。因屠杀发生在圣巴托罗缪节（8月24日）前夜和凌晨之间，故名。

② 联合果品公司是1899至1970年间一家美国公司，大量收购第三世界国家种植园的热带水果销往欧美，曾长期控制拉丁美洲的香蕉出口，垄断当地市场，对多国经济、政治造成影响。50年代，它是危地马拉最大的土地占有者和劳工雇主，总统哈科沃·阿文斯（或译阿本斯，1913—1971，1951—1954在任）推进的土地改革和新劳动立法与其利益抵触，该公司遂在美国政府部门发起阿文斯将带领危地马拉加入东方集团的宣传战。1954年，中央情报局组织危地马拉流亡军队，以卡斯蒂略·阿马斯（1914—1957）为首策动军事政变。阿马斯接替阿文斯出任总统（1954—1957在任）后，将危地马拉1944年以来十年革命成果一夕逆转。

③ 阿根廷极右翼庇隆主义者团体，1973年组建。肮脏战争中作为行刑队，针对左翼政治家、艺术家、知识分子等制造了千余起失踪和死亡。

④ 阿根廷总统府，因粉红色外墙得名。

诉讼法允许将企业与国家之间的讼案移交他国法庭。外国投资法案被废：现在他们可以随便拿走他们想要的东西。

阿兹特克祭典就这样在阿根廷上演。这么多鲜血献给了哪个瞎眼的神？不付出日均五个尸体的代价，哪能把这套体系用在拉丁美洲组织最完善的工人运动上？

## 锁眼里看世界

瓦莱里娅让父亲把唱片翻个面。她解释说儿歌《牛奶米饭》活在背面。

迭戈与他身体里的伙伴交谈，他叫安德烈斯，从来都是一副骷髅。

范妮说她朋友今天淹死在学校的河里，河水很深，那儿下面全是透明的，能看见大人们的脚和各式鞋底。

克劳迪奥捉住亚历杭德拉的一根手指，对她说："借我这根手指。"然后把手指伸进炉灶上一铁罐牛奶里，他想知道牛奶是不是太烫了。

弗洛伦西娅在房间里喊我，问我能不能用下嘴唇碰到鼻子。

塞瓦斯蒂安提议我们坐飞机逃走，但是提醒我要小心炽光和螺旋桨。

玛丽安娜在露台上推墙，这是她帮助地球转动的方式。

帕特里西奥用手指捏着一根点燃的火柴，他的儿子一吹再吹那永不熄灭的小火苗。

## 我在山里认识的那些小伙子，还有谁活着？

1.

他们都很年轻。有的是城里的学生，有的之前是农民，为买一升牛奶得劳作两整天。军队在后面穷追不舍，而他们讲着黄色笑话，笑得一团糟。

我和他们一起待了几天。吃玉米饼。危地马拉的高地森林夜晚很冷。我们睡在地上，所有人都抱在一起，互相取暖以免被黎明的冰冷杀死。

2.

游击队里只有几个印第安人。几乎所有的印第安人都当了敌方士兵。他们聚会狂欢结束出来的时候被军队抓走，酒醒了发现已经被套上军装手里塞了武器。就这样他们在山间行进，去杀那些可以为他们而死的人。

**3.**

一天晚上，小伙子们给我讲卡斯蒂略·阿马斯怎么摆脱了一个危险的代理人。为了不让这个人抢走自己的权力或女人，卡斯蒂略·阿马斯把他派去马那瓜执行秘密任务——给独裁者索摩查[①]送一封火漆封印的信。索摩查在官邸接见他，拆开信当面阅读后说：

“一切将如贵国总统所愿。”

索摩查用烧酒招待他。

在愉快的谈话告一段落之后，独裁者送他到门口。突然，这位卡斯蒂略·阿马斯的信使发现自己孤身一人，身后大门紧闭。

行刑队已经站好，跪在地上等他。

所有士兵同时开枪。

---

① 应指尼加拉瓜独裁统治者阿纳斯塔西奥·索摩查·加西亚（Anastasio Somoza García，1896—1956）。控制该国四十四年之久的索摩查家族开创人。他于1937至1947年和1950至1956年任总统，实际统治则自1936年始，延至遇刺身亡。

**4.**

以下对话我不知道是当时听到的还是想象出来的：

“一场跨海革命。整个国家揭竿而起。我想亲眼看到……”

“全都会改变吗？所有的？”

“直到根源。”

“再也不用出卖劳动力换取一无所有？”

“完全不用。”

“也不用忍受那些人像野兽一样对待别人？”

“没有谁是谁的主人。”

“富人呢？”

“不会有富人了。”

“那谁付钱给穷人，买他们的收成？”

“问题是也不会有穷人了，你不明白吗？”

“没有富人也没有穷人。”

“没有富人也没有穷人。”

“那危地马拉就没人了。你知道的，这里不是富人就是穷人。”

5.

副总统叫克莱门特·马罗金·罗哈斯。他负责一份日报，风格过于爆炸，办公室门口都要安排两个胖子端着冲锋枪站岗。

马罗金·罗哈斯用一个拥抱迎接了我。他邀我喝咖啡；手掌拍打我的背，温柔地望着我。

我前一个星期还和游击队员一起待在山里，完全不理解眼前的状况。“这是个圈套。”我这么想着，愿意感觉自己很重要。

这时候，马罗金·罗哈斯解释说，阿根廷那个著名飞行员的兄弟纽伯里是他少年时代最好的朋友，而我完全是纽伯里的翻版。他忘了自己面对的是一个记者。化身纽伯里的我听他对北美人大发雷霆，因为他们没做到该做的事。早前，一小队北美飞行员驾驶着北美飞机从巴拿马起飞，在危地马拉一座山上投下北美制造的凝固汽油弹。而让马罗金·罗哈斯怒火中烧的，是这些飞机居然没有落地危地马拉就直接飞回巴拿马了。

他对我说：“他们本来可以降落的，您不觉得吗？”而我回答说我的确这么觉得：

“他们本来至少可以降落的。”

6.

游击队员给我讲过。

他们好几次看见凝固汽油弹在毗邻的山头上爆炸。他们也经常发现泡沫喷溅的炙红印迹：树木连根烧光，动物炭化，岩石焦黑。

7.

1954年年中，美国把吴庭艳[①]扶上西贡的王座，并在危地马拉一手炮制了卡斯蒂略·阿马斯的胜利。

援救联合果品公司的远征，一斧子砍断了征用它拥有的不毛之地分配给穷苦农民的土地改革。

我这一代人开始参与政治生活的时候，额头上画的就是这样的记号。多少小时的愤慨与无力……我还记得那个高大魁梧的演讲人，用平静的声音喷出火焰，还有蒙得维的亚那个愤声四起、横幅漫天的夜晚："我们来告发罪行……"

① 吴庭艳（1901—1963）1955至1963年任越南共和国（南越）独裁总统，取得和巩固政权的过程中多次得美国鼎力相助。后在军事政变中被击毙。

那个演讲人叫胡安·何塞·阿雷瓦洛[①]。我当时十四岁，他给我的震撼无法磨灭。

阿雷瓦洛此前在危地马拉开启了社会改革，这场改革后来由哈科沃·阿文斯深化，然而，被卡斯蒂略·阿马斯溺于血泊。阿雷瓦洛告诉我们，他在任期间逃过了三十二次政变企图。

多年以后，阿雷瓦洛成了公务员。一种危险的公务员，给悔改者准备的那种公务员：阿雷瓦洛被任命为阿拉纳将军的特使，辅佐这位绞架与尖刀上的主人——危地马拉的殖民官，大量杀戮的组织者[②]。

我听说这个消息的时候，早已不再天真多年，可是我仍然感觉自己像一个被欺骗的士兵。

**8.**

1967年我在危地马拉认识了米汉戈斯。我下山来到城市的时候，他一句话没问就在自家接待了我。

他喜欢唱歌，喝几口好酒，为生命干杯：他不会跳舞，

---

① 胡安·何塞·阿雷瓦洛（1904—1990）是危地马拉1944年推翻军事独裁后第一任民选总统（1945—1951）。在任期间实行提高最低工资额度、为农民提供教育和社会保障福利等一系列改革，开启十年危地马拉革命时期。

② 阿拉纳将军即1970至1974年任危地马拉总统的卡洛斯·曼努埃尔·阿拉纳·奥索里奥（Carlos Manuel Arana Osorio，1918—2003）。他是美国大规模军事援助的主要目标。其主导的肮脏战争造成两万危地马拉人死亡或失踪。

但是会拍击手掌活跃气氛。

后来，阿雷瓦洛当特使的时候，阿道弗·米汉戈斯是议员代表。

一天下午，米汉戈斯检举议会的一项欺诈。推翻过两届巴西政府的汉纳矿业公司[①]让自己的员工当选危地马拉经济部长。这个员工随即签订合约让汉纳矿业与该国政府联合出口伊萨瓦尔湖[②]周边的镍、钴、铜和铬储备。合约规定，政府从中获得一笔小费，汉纳矿业收得数十亿的利润。而且，作为危地马拉的合作伙伴，汉纳矿业不仅不用为所得收入缴税，还可以半价使用港口。

米汉戈斯发出抗议的声音。

不久后，他正要坐进自己的标致轿车，一排子弹扫射进他的背部。他倒在驾驶座上，脖子里挤满了子弹。

**9.**

我躲在市郊一间仓库里等待危地马拉军警最想找的人。他叫鲁阿诺·平松，曾经也是一名军警。

“看看这堵墙。跳过去，能吗？”

---

① 位于美国俄亥俄州克利夫兰（Cleveland）的铁矿企业，20世纪70年代初世界第二大铁矿生产商。
② 危地马拉境内最大的湖泊，环湖的山中有丰富的矿产资源。

我回头。仓库后门的这堵墙无尽无头。

“不能。”我说。

“但是如果他们来了，你跳吗？”

别说跳了。他们要是来了，我都能飞。恐慌能把任何人变成奥运冠军。

不过他们没来。鲁阿诺·平松当晚抵达，我有机会和他长聊。他穿着黑皮夹克，神经紧张眼神不定。鲁阿诺·平松是个逃兵。

他是唯一目睹了那场屠杀的活人，二十几个政界议员在大选前夜被除掉。

那是在马塔莫罗斯的军营。四个警察负责把那些巨大而沉重的麻袋搬上卡车，鲁阿诺·平松是其中之一。他发现自己的袖子沾了血迹，开始觉得不对劲儿。在拉奥罗拉机场，他们把麻袋运上一架空军500飞机。然后，在太平洋上空把它们扔了下去。

他见过这些人活着被送到军营，然后棍打碎骨；他见过国防部长亲自下达行动指令。

负责运送尸体的警察里，鲁阿诺·平松是唯一还活着的。另外三个，一个在拉波萨达旅店的床上被一只匕首扎进胸口，一个在萨卡帕的餐厅背后中枪毙命，还有一个在中央车站后面的酒吧被打成了筛子。

## 为什么鸽子在破晓时分哭泣？

因为有天晚上，一只公鸽子和一只母鸽子去舞会跳舞。在一场打斗中公鸽子被杀死了，有人想害他。舞会美轮美奂，母鸽子不想停止享受，她说："今晚我要唱歌，明天早上我会哭泣。"于是，太阳从地平线上冒头的时候，她哭了起来。

马莱娜·阿吉拉尔给我讲她祖母讲给她听的故事。她的祖母有一双灰色的眼睛，狼一般的鼻子，倚着炉灶里炭火微弱的热度，讲出关于悲恸灵魂与屠戮的故事，让孙辈们沉迷。

# 悲剧是预言成真

## 1.

1973年年中，胡安·多明戈·庇隆结束了十八年的流亡，回到阿根廷。

那是拉丁美洲有史以来规模最大的政治集会。两百多万人带着孩子、低音大鼓和吉他从全国各地赶来，挤在埃塞萨的停机坪和高速公路沿途。拥有长久耐心和铁一般意志的人民重新得回考迪罗[①]，将这片敞开大门的土地交还给他。

---

① 西班牙语词，字面意思为头目、首领。笼统地说，它可以是政治－军事领导人的同义语。然而在伊比利亚美洲（Iberoamérica）的文化语境中，特别在大众心理层面上，它指强有力的，拥有神授能力（Charisma）的，或如马克斯·韦伯所说，有超自然、超人或至少非常特殊的力量或品质的，更通俗地说，有不可抗拒的吸引力的，能够唤起民众情感的，通常是民众主义政治家的领袖。

四处都是欢庆气氛。民众的喜悦，极具感染力的美，拥抱我，托举我，赐我信仰。我仿佛还能看见广泛阵线[1]在蒙得维的亚大街小巷传递的火把熊熊燃烧。如今，在布宜诺斯艾利斯市郊，年长的工人们聚集起一片声势浩大没有边界的驻扎地，对他们而言，庇隆主义代表对尊严的鲜活记忆，而对那些不曾经历过1946至1955年的年轻人而言，庇隆主义所包含的更多是希望而非怀旧。

欢庆以屠杀告终。仅一个下午，埃塞萨倒下的庇隆主义者人数比此前抵抗军事独裁的那些年加起来还要多。人们惊诧地自问："那现在应该恨谁？"这样的圈套是庇隆主义者为了对抗庇隆主义者而设计的。庇隆主义内部也有冤家对头，工人和工厂主；而在当时的情景下，真实的历史以持续对立的面貌展开。

工会官僚、政治活动家和权力主的代理人在埃塞萨的营地上显得孤立无援。他们像故事里的皇帝，赤身裸体一览无余。职业暴徒占据了本应是民众的地方。

商贩被短暂地逐出圣殿[2]，又从后门溜了进来。

埃塞萨事件只是此后即将到来的一切的预演。一些年前，在马德里，庇隆曾经对我说"上帝的威严在于他绝少

---

① 成立于1971年的中间偏左至左翼乌拉圭政党。

② 典出《圣经》耶稣基督洁净圣殿的记述：耶稣见圣殿已沦为谋利场所，盛怒下赶逐商贩，表达他深信圣殿已失去其建立的目的。见《若望福音》2:13—25。

显现”。埃克托尔·坎波拉的统治只持续了一朵百合花的时间。[①]从那时起，应许就已脱离现实直到最后消失不见。一场民众运动的悲伤结局。工资得到增长，却只能证明工人是这场危机的罪人。一头母牛甚至比一双鞋还便宜，中小生产者相继破产，长盛不衰的寡头集团此时却穿着破衣烂衫通过日报、电台和电视台冲天嘶吼。农业改革不过是个纸糊的稻草人，处处窟窿大开，国家财富继续从洞里流走。权力主像他们的拉丁美洲同行一样把自己的财产精心保存在苏黎世或者纽约。他们的钱在那些地方跳个马戏旋转之后再回到国内就神奇地变成了无比昂贵的外债。

2.

真的能凌驾于、利用或者不顾阶级斗争实现国家统一吗？庇隆就是这种群体幻想的化身。

流亡初期，一天早上，这位考迪罗向在巴拉圭的亚松森接待他的东道主解释微笑的政治重要性。

“您想看我笑吗？”他问。

他在掌心放了一副假牙。

---

① 左翼庇隆主义者埃克托尔·坎波拉（1909—1980）为庇隆的亲信和个人代表。1973年流亡的庇隆被排除在大选之外，埃克托尔·坎波拉作为庇隆指定的挂名负责人参选并获胜。他于5月25日就职，6月20日迎回庇隆，7月13日辞职以启动新的选举。庇隆在新选举中获胜，同年10月12日第三次就任总统。

在那十八年里，无论是支持他还是反对他，整个阿根廷政治都围绕这个人展开。接连的军事政变不过是恐惧在致敬真相：要是自由选举，庇隆主义就会赢。一切都悬于庇隆的祈福与诅咒，大拇指向上，还是向下，他从远方写来的信，时而用左手时而用右手，总是给那些为他赌上性命的人自相矛盾的指令。

1966年秋，马德里，庇隆对我说：

“您知道中国人怎么捕杀麻雀吗？就是不让它们在树枝上休息。不断用木棍抽打它们，不让它们停下来，直到它们死在空中；心脏爆裂，落在地上。叛徒就像麻雀，只要不停纠缠他们就够了，不让他们休息，最后他们就会一头栽到地上。不，不……操纵人要像老鹰，不能像麻雀。操纵人是一项技术，一门艺术，需要军事般的精准。对待那些叛徒就要任他们飞，但是永远不给他们任何休息的机会。然后，就静候天命做功。要留给天命去行动……何况，天命归我管。”

真相大白的时刻：当他重新掌权，庇隆主义爆裂成片，在考迪罗死前多时就已经破碎。

**3.**

何塞·路易斯·内尔是埃塞萨屠杀受害者。一颗子弹打断了脊柱，从此瘫痪。

一天他决定了断自己的无力与苦难。

他选好时间地点：一条与不走火车的站台平行的过道。有人用轮椅把他推到那里，在他手里放一把上膛手枪。

何塞·路易斯曾经是铁一般的军人，历经枪林弹雨、牢狱之灾，挨过多年的饥饿黑暗都存活下来。

但是那一天，他咬住枪管，扣下扳机。

## 眼睑之间迟缓的光芒

发生在今天下午，我在站台上等待去巴塞罗那的火车。

阳光点亮铁轨之间的空地。土地突然拥有一种异常鲜活的颜色，仿佛热血沸腾，在蓝色的轨道底下肿胀起来。

我并不快乐，但是，在这漫长的一瞬间，土地是快乐的，而我能懂得，并且记住。

# 被追捕者与夜夫人纪事

凌晨，他们在一间奢华的酒吧相识。清早，他在她的床上醒来。她加热咖啡；他们用同一个杯子。他发现她咬指甲，双手像少女一样美好。他们没有说话。她穿衣服的时候，他正搜肠刮肚怎么解释自己没法付她钱。她没有看他，轻松地开口：

“我连你叫什么都不知道。但是如果你愿意就留下。房子并不丑。”

他留下了。

她不问问题。他也不问。

夜里，她去工作。他几乎不出门。

几个月过去了。

一天凌晨，她发现床空了。枕头上有一张卡片：

我想牵走你一只手。我偷了你一只手套。原谅我。对你说再见和无限感谢。

他带着伪造的身份文件泅过河[①]。几天后，他在布宜诺斯艾利斯被捕。完全因为一个愚蠢的偶然。他们已经找了他一年。

上校辱骂他，殴打他。揪着领子把他拎起来：

“你会告诉我们你之前待在哪儿。你会全说了的。”

他回答说他和一个女人住在蒙得维的亚。上校不相信。他拿出照片：她坐在床上，赤裸身体，手在颈后，长长的黑发从胸前垂落。

“就是和这个女人。”他说，“在蒙得维的亚。”

上校一把抓过照片，突然怒火中烧，一拳打在桌上，高声骂着：“那个婊子养的，婊子养的叛徒，我会让她付出代价的，该死的女人，她一定要付出代价。”

他这才意识到女人的家是一个陷阱，专门抓捕像他这样的人。他想起有一天中午，亲热之后，她对他说：

“你知道吗？我和别人从来没有感受过这种……这种肌肉的喜悦。”

他终于理解了她紧接着补充的那句话，眼睛里笼着奇

① 指乌拉圭河，阿根廷与乌拉圭的界河。

怪的阴影：

“总要让我碰上一次的，不是吗？”她当时说，“我懂得失去。”

这件事发生在1956或1957年，许多被独裁政权追捕的阿根廷人逃过河，藏身蒙得维的亚。

## 锁眼里看世界

课上，埃尔莎和阿莱坐在一起。课间她们手牵手在院子里散步。她们分享功课、秘密和恶作剧。

一天早上，埃尔莎说她和死去的祖母说了话。

从此，祖母经常给她们捎来信息。埃尔莎每次把头埋进水里，就能听见祖母的声音。

过了一段时间，埃尔莎宣布说：

“祖母说我们会飞。”

她们在学校院子里、在街上尝试飞翔。转着圈或者沿直线跑，一直跑到精疲力竭。还有好几次，她们从栏杆上把自己重重地摔了下去。

埃尔莎把头浸在水里，祖母对她说：

“夏天的时候就会飞了。”

暑假到了。两个孩子和家人去不同的海滩度假。

2月底，埃尔莎跟着父母回到布宜诺斯艾利斯。路过一幢从未见过的房子，她让车停下来。

阿莱打开门。

“你飞了吗？”埃尔莎问。

“没有。”阿莱说。

“我也没有。”埃尔莎说。

她们哭着抱在一起。

## 布宜诺斯艾利斯，1975年7月：回到南方

卡洛斯走得很远。他当过酒店厨师、海滩摄影师、客串记者、流浪汉；他发过誓再也不回蒙得维的亚。

现在，他正在布宜诺斯艾利斯，口袋里一枚硬币也没有，破破烂烂的身份证已经过期。

我们都有很多话想和对方说。于是周末相约去河边找机会补上。

我还记得二十年前，他给我讲自己在乌拉圭东部稻田和北部芦苇种植园从事各种职业的故事，还是孩子的我听得目瞪口呆。那时，我已经第一次感觉到和这个男人之间的友情。那是在独立广场的图皮南巴咖啡馆①。他有一把吉他。他是民间歌手，诗人，出生在圣何塞②。

① 见本书第244页下注。
② 乌拉圭西南部同名省首府。全称圣何塞－德马约（San José de Mayo）。

随着时间的流逝，他得了好打架的名声。自打从巴拉圭回来他就经常酩酊大醉。他在塔科布[①]采石场的一个集中营里关了一年：铁链打在背上的印迹始终未褪。眉毛和胡子也被刀刮掉了。每周日士兵们赛跑，囚犯戴上马嚼子等一系列东西给士兵当马，神父在翁布树[②]下喝马黛凉茶，挠着肚子笑起来。

好斗而沉默，卡洛斯心里骂骂咧咧，眼睛在蒙得维的亚的咖啡馆和酒窖里搜寻敌人。我的孩子们遇见他也像过节一样：只有他能讲出这么好听的故事和滑稽事，世上没有哪个小丑能像他那样让他们笑得在地上打滚。卡洛斯到家里来，围上围裙做葡萄牙烧鸡或他自创的菜，主要是给我们吃，他一向吃得很少。

从河边回来的路上，目的地布宜诺斯艾利斯，我们在慢车上不眠不休地聊天，他谈起蒙得维的亚。此前整个周末我们俩谁也没提过那座属于我们的城市。我们没法去那里；最好还是缄口不言。

松开悲伤的长线，他给我讲起帕查：

“有天夜里我到家很晚，没发出声响也没开灯就躺下了。帕查不在床上。我去厕所和儿子的房间找了都没找到。

---

① 亚松森西南城郊一区。

② 南美洲南部潘帕斯草原（Pampa）常见的常青灌木，高大如树。乌拉圭、阿根廷及高乔文化的象征。

这时我发现餐厅门关得很紧，就去开门，注意到门另一边地上有一床毯子。第二天早上我一如往常在厨房里等她一起喝马黛茶。帕查什么都没说。我也没有。我们就聊着平时常说的话题，这个时代的美丽与丑陋，政局如何变得严峻，以及，让我把茶叶翻一翻不要被冲掉了。晚上等我回到家发现床是空的。餐厅的门又是关着的。我竖起耳朵，好像听到里面传来呼吸声。到了早上，很早，我们坐在厨房里喝马黛茶。她什么都没说我也没问。八点半，她的学生陆续到了，一如往常。就这样过了一个星期：她不在床上，门关着。直到有天早上喝到最后一轮马黛茶时，我对她说：帕查，你看，我知道在地板上睡很不舒服，今天晚上回床上睡吧，就是这样，我不会在了。”然后他再没回去过。

## 幽灵时刻：
## 我呼召他们，追踪他们，猎捕他们

山洞顶上有泥土和鲜血画的画。我用第一个人类的眼睛看进我自己。祭典期间，我感觉我的记忆里装着世界全部的历史，从那个家伙摩擦两块石头，借着第一簇微小的火苗取暖开始。

# 系　统

我当时十四五岁。在一家银行当送件员。每天下午抱着成堆的卷宗材料上下楼梯。我在一个角落里立正站好，像个小士兵，随时等待响铃、亮灯或什么人吩咐。

银行高层每周五在顶楼开例会。开会期间主管们会多次要咖啡。我反复跑厨房加热咖啡。要是没人看着我就会任它煮沸，让他们拉肚子。

一个周五，我像往常一样端着托盘走进去，发现整个大厅空空荡荡。桃花心木的桌上，端端正正地摆着写了每位主管名字的文件夹，周围的椅子上没有人。只有阿尔科塔先生坐在自己的位置上。我问他要不要咖啡，没有得到回应。他戴着眼镜正在阅读一张纸。他反复读了好几遍。我静静站在他身后，盯着他后颈上粉色的赘肉，数他手上的雀斑。信的内容是他的辞呈。他签了字，取下眼镜，继续坐着，手放在口袋里，眼神空洞无物。我咳了一声。又咳了一声；还是没有存在感。放满小杯咖啡的托盘让我的胳膊开始抽筋。

等我再回来取文件夹送去秘书处的时候，阿尔科塔先生已经离开了。我闩上门，像往常一样一份份打开文件夹。每个文件夹里都是一封辞呈，和阿尔科塔先生反复读过签字的那封一模一样。所有的信都签了字。

第二周的周二，高层召开特殊会议。阿尔科塔先生没有接到会议通知。主管一致决定：

一、撤回上周五的辞呈；

二、接受阿尔科塔先生辞职，感谢他过去的工作，并为他将把所有难以估量的才能贡献给新的职位深感遗憾。

我在爬楼去给总经理送会议记录的路上阅读了以上决议。

# 系　统

编在电脑里的系统警醒银行家提醒和将军吃饭的大使去传唤总统让他敦促部长去逼迫总监羞辱经理导致经理尖声叱责主管主管肆意责骂雇员雇员蔑视工人工人虐待妻子妻子殴打孩子孩子踢一脚狗。

## 系　统

我们在巴塞罗那的林荫大道上散步，夏天新鲜的甬道，路过一家卖小鸟的店铺。

有的笼子装了许多只鸟，有的只有一只。阿杜姆对我解释说，那些只关一只鸟的笼子里会装上镜子，让小鸟不知道自己是独自关在里面。

然后，早餐的时候，瓜亚萨明讲起纽约的事。他说他在那边见过男人独自在吧台上喝酒。一整排酒瓶后面有一面镜子，有时候，夜很深了，那些人会把杯子扔过去，镜子碎片飞溅。

# 梦

相拥的身体在睡梦中慢慢变换姿势，看看这里，看看那里，你的头在我胸前，我的大腿在你的肚子上，身体转动的时候床也在转房间在转世界在转。“不，不，”你冲我解释着，以为自己醒了，“我们已经不在这里。我们在睡梦中搬到了另一个国家。”

## 卡塔里诺的布罗与圣乔治如何骑着白马狂奔拯救他于魔鬼之恶纪事

### 1.

汽车上的塑料徽章闪闪发光，刷着国旗颜色写道："巴西，没人能击败你。"佩莱当上了银行主管。乞丐在城郊围追旅游大巴。道奇汽车[①]在广告里许诺："您也会进入主流阶层。"吉列说："巴西，我相信你。"处决队制造的断手断脚的尸体出现在弗卢米嫩塞低地[②]，为了变得无法辨识而被枪击毁容并切走手指。杜邦[③]、陶氏化学[④]、壳牌和标准石油在报纸和荧屏上宣称："我们相信巴西。"山上的孩子都睡在地上或纸箱里：从那里一起观看分期付款的电视。

① 美国克莱斯勒汽车公司旗下的一款轿车，1960至1976年风靡北美。
② 巴西东南部里约热内卢州一个地区，位于里约热内卢城以北。
③ 世界第二大美国化工公司。
④ 美国第二大、世界第三大化工公司。

上层阶级玩数据；中产阶级玩股票；下层阶级赌一把体育彩票。谁会在周一早上一觉睡醒变成百万富翁？一个失业的泥瓦匠，一个洗衣女，一个擦鞋工；总有人被选中：这片土地八千万被审判的人中间，总有一个人会在周一早上，被上帝的手指点中。

## 2.

我住在阿图尔·波尔内尔家。

电视台演播厅和他的房子只隔几个街区。每周日下午跃跃欲试的参赛者挤满街道：谁能在一小时内吃完最多的香蕉？谁是鼻子最长的巴西人？有一次甚至聚集了一大群仇恨相对的侏儒，当时有一大笔钱正等着巴西个头最小的侏儒。

还有一次是比惨大奖赛。奇迹阅兵开始了：八岁入行的妓女，被子女遗弃的瘫痪老人，饥饿、棍击、麻风、梅毒种种原因导致失明的人，错判入狱终身的犯人，被老鼠咬掉一只耳朵的小男孩，多年来被捆在床角的女人。主办方许诺给惨中最惨的人绝妙大奖。有人带来了自己的啦啦队。他们像球迷一样癫狂，在正厅里高喊着："赢啦！赢啦！"

晚上我们在阿图尔家听到大鼓轰鸣。雷声一般激烈的咚咚声，那是从驼背山传来的。山顶上，基督正张开双臂佑护这座城市。深山老林里正上演荒蛮的弥撒。复仇者的鬼魂借着月光和篝火，带来先知应许过的天堂。

3.

外面，是流亡：四块马蹄铁和两块大木板搭成小房子扎根大山，日报铺成床单，小孩子都是大肚子，细针腿，眼神惊慌。

里面，是王国：泥地蹿起火焰，鼓声阵阵；男人女人摇摆起舞，醒着做梦，反复拍打爱情或死亡的大门。

我们和阿图尔一起走进去，遇见衣衫褴褛的魔鬼。

“我为什么要救赎？”

红披风两角挂在眼睛上。他在一大堆燃烧的玻璃顶端跳来跳去，屁股底下的宝座是玻璃瓶和垃圾，用一杆生锈的鱼叉敲击地面：

“我不要救赎！”他从火堆里咆哮，“只有地狱不恶心。地狱是我的家。在那里，没人能命令我。”

女祭司们一身红衣唱起：

太阳来了，
已经来了，海湾。

太阳已经走了，

海湾，已经走了。

埃克苏[1]的母亲，我们的无染原罪始胎圣母教区，有两个祭坛，天上的那个，黑面圣乔治骑着马经过；地狱里的那个，蜡烛病恹恹的光拨弄着头盖骨和三叉戟。

海浪拍击……

魔鬼祭典是巴西贫民棚屋区的节日。

没有巫术，你过不去，你过不去。

卡塔里诺把一只黑红羽毛的活公鸡从一个爱情失意的男人腿上擦过。

“想着她。”

他用祭坛的石块给一柄新刀开刃。慢慢揪住公鸡颈部的羽毛。尖刀高高举起：

“想着那个女孩。”

刚破开的喉管剧烈收缩。男人张开嘴喝下去。

---

① 流行于巴西、阿根廷、巴拉圭和乌拉圭等国的马库姆巴教（Macumba）信奉的神灵。马库姆巴教糅合了非洲宗教与天主教、唯灵论、美洲土著信仰，在巴西尤盛行。

“今晚，”卡塔里诺说，“她床单上会有一块血迹。不是伤口也不是经血。”

**4.**

一个老妇人从下午就开始排队。

“谁派你来的？”

“一个战争英雄。”

“我问你他叫什么。”

“查尔斯·曼。”

“这名字不是这儿的。”

“他来自一个叫美利坚合众国的地方。”

“那他为什么会来到巴西？”

“他的船沉了，就来了。”

“这算什么英雄，会跑的？”

“他有很多奖章。”

“狗屎英雄。”

“别这么说。我的长官是个海军上将。”

“浴缸上将吧。”

“但是他在战争中失去了一只眼睛。他有一只眼睛是玻璃珠。”

“一个黑人要是弄坏了眼睛就没眼睛了。有钱的白人会去买一只玻璃眼睛。知道会怎么样吗？他在睡觉的时候把这只玻璃眼睛放在水杯里。有天早上他把水喝了，玻璃眼睛被吞了下去。于是这只玻璃眼睛把他的屁眼儿堵上了，从那儿往外看。”

鼓声笑声轰响。托梅也很享受：祭典进行得很顺利。托梅是一只胖胖的小山羊，穿得和埃克苏一样，它抽雪茄，用羊角击鼓。它本来是被带来献祭的，但卡塔里诺喜欢上了它，现在它负责主持祭典：用羊角猛击墙壁或人群时，卡塔里诺就知道出了什么问题；就会去看看。

**5.**

卡塔里诺在泥地上用红粉笔和黑粉笔画埃克苏的记号。他弄撒了粉末，引发一起白烟爆炸。

“病从脚入从脚出，”卡塔里诺的祭司尤妮斯对我说，“尽管有时也从口入，比如邻居给你送来一块毒蛋糕。”

病人面无血色，肚子肿胀，脚如大象，高烧不退。他的兄弟们靠臂力把他抬上山来。还带了一瓶烧酒。

卡塔里诺暴跳如雷：

“我说带一瓶来，意味着：带七瓶。你们是想买个便宜神吗？”

他检查了病人，诊断道：

“准备收尸吧。已经肿成型了。”

6.

卡塔里诺与上帝不共戴天，叫他刽子手、食人兽，但是从心底里他知道上帝是自己的同僚。

“为什么这么悲伤？”

黑女人摇摇头，满脸泪水。她挺着大肚子。

“那里面不是一个孩子，”卡塔里诺下判决说，“得有二十个。二十来个。”

但是她没有笑。

“我的孩子，你为什么这么悲伤？”

“因为我的孩子。”

“你肚子里那二十个？”

“我知道我的孩子生出来也是死的。”

“怎么知道的？”

“我就是知道。”

“谁跟你说的这些鬼话？”

“没人说。但我就是知道。我的女邻居约定好了。她恨我。她想抢走我的丈夫。就约定好我的孩子生出来就是死的。”

“她跟谁约定的？”

“和上帝。”

“和谁？”

卡塔里诺笑着抓抓肚子。

“和上帝。”

“不，我的孩子。”卡塔里诺说，魔鬼说：

“上帝还没禽兽到做这种事情的地步。”

**7.**

天亮以前，卡塔里诺回到地狱深处。

夜里他来到地面，从脚上钻进他的布罗体内，成为棚屋的医生、小丑、先知和复仇者。这个接收他的身体：卡塔里诺的布罗，白天在机场清洗飞机。

阿图尔和我爬上驼背山，傍晚，与布罗交谈。这个温柔谦逊的男人请我们喝咖啡。夜半时分，我们用卡塔里诺的杯子喝啤酒或者红酒。我们参加了卡塔里诺的附体及祭典，听见他咒骂制度和良好行为。

他们的声音不一样，叫我们的方式也不一样。布罗管阿图尔叫卡里奥卡，叫我乌拉圭人；而对卡塔里诺而言，我们是库里博卡和弗拉乔。卡塔里诺因为上千岁的年龄说起话来声音嘶哑杂乱，而布罗完全不记得卡塔里诺通过他的身体说了什么做了什么。

我离开前一晚，尽管我没有要求，卡塔里诺还是送了我一件护身符。他把马蹄铁护肩戴在我身上，如同给骑士佩戴盔甲：我单膝跪地，抬起头。大鼓连击，歌声四起。

护肩围紧我的胸膛。整整一年我都没有遭遇任何枪击或者不幸。

8.

尤妮斯的女儿罗克桑娜刚出生几天就染上高烧，光是号啕哭喊，拒绝进食。尤妮斯用衣服裹好她，装在篮子里带到卡塔里诺的教区。

“她要死了。”

“不会的。”

他们一起到森林里。卡塔里诺用匕首在婴儿前额划了两道切口，让她受洗成为自己的孙女。然后往瀑布里扔了十二朵白玫瑰，好让瀑布把瘟疫带进海浪里。

从那以后，尤妮斯就加入了教区。

9.

她给我讲了布罗和卡塔里诺的故事。

布罗当年是个流浪汉，和其他游民一起，住在里约的一座桥下。有天夜里他们饿得不行抓住一只老鼠烤了吃掉。布罗感觉身体里有点怪异，随即晕倒。再醒来已经变成卡塔里诺，开口说道：

“现在我要帮助所有人。我已有千岁。为来到人间，我选择了最受苦的身体。”

然后突然开始唱歌。

“卡塔里诺对布罗并不好，”尤妮斯告诉我，“尤其是大斋节的时候。卡塔里诺特别喜欢在大斋节作恶。”

他会工作很多个小时让布罗没法睡觉。而且尤妮斯说他会逼迫布罗在祭典上喝尿。

一个晴好的日子，布罗反抗了。

“我不是一条狗，不应该过这样的日子。我切伤自己，烧自己的屁股，喝尿换取饥饿和香蕉。我再不给任何人做任何事了。他们要死就死吧。”

他刚说完这番话就觉得头晕目眩。一个声音在耳边秘密响起：

“您还什么都没吃呢，先生。我也没吃早饭。我们去咖啡馆吃点东西。走吧。”

布罗穿过马路，猛然间向后一倒。他伸开手臂，想爬起来，又摔了下去。他想用一只手支撑住自己，啪，又摔下去。剧烈的冲撞让他鼻梁断裂，头破血流。他浑身是血暴怒地冲回山里：

“今天我不下山了。那个可怜虫卡塔里诺，我不会讨好他的。”

话音刚落，他就像被电击一样倒地，摔了个嘴啃泥。浑身疼痛根本无法动弹。他哭了起来。

这时候，圣骑士乔治出现了，从腋下架他起来。圣乔治在周二出现是很罕见的事，因为平时如果来都是在周五晚上。

布罗对他诉说了一切，请求帮助。只有圣乔治的话魔鬼会听。

当晚卡塔里诺就喝了红酒和啤酒。再也没有要求喝尿。

尤妮斯说：“有时候，布罗是活该，因为他不顺从。”

有一天，布罗在布置祭坛，同时准备好去机场工作，这时候他发现了一杯红酒。卡塔里诺特地留在那里诱惑他——布罗只能在祭典过程中作为卡塔里诺喝酒。他喝了一小口，被打了一个大耳光，掉了两颗牙。

他下山去坐公交车，遇见一辆送葬的灵车。灵车停住了。布罗听见他们叫自己名字。他还没靠近就被揪着脖子封上嘴猛地塞进车里。他在死神辖区待了三天三夜。圣乔治把他救了出来，骑着白马一路狂奔送他回家。

## 10.

外国记者卡洛斯·威德曼为了写一篇文章，请我带他去卡塔里诺的教区。我当时正要出发去里约，没有时间，但是我把口令留给了他。

后来，我在蒙得维的亚收到威德曼写来的一封信。

他告诉我他在卡塔里诺那里过了圣周五受难日。这个要求斋戒的日子里，他们烤了好几头黑山羊吃掉。祭典一直持续到第二天清晨。托梅抽着雪茄参与自己兄弟的献祭。黑山羊都是被一点点割断头，好让它们体会到上帝为我们人类保留的全部痛苦，从而减轻我们的痛苦。在座宾客都手捧热血一饮而尽。

他们吃黑山羊的时候，卡塔里诺用烧酒灌醉了一只巨大的癞蛤蟆。每个信徒都把自己敌人的名字或照片塞进癞蛤蟆嘴里。癞蛤蟆慢慢从卡塔里诺手中滑落。然后用新针把它的嘴缝起来。红线或者黑线，十字针。在门口松开癞蛤蟆，它发疯一般跳着远去。

我知道这意味着缓慢的死亡。而癞蛤蟆会饿死。如果希望敌人迅速死亡，就把癞蛤蟆埋进无花果树下的一个小祭坛里，这种树是耶稣诅咒过的，这样，癞蛤蟆就会窒息而死。

“卡塔里诺让我放一个名字进去。”卡洛斯写道，“我一个也想不出来。但我当时刚离开玻利维亚，对那里屠杀矿工的场面印象深刻。所以，我就把雷涅·巴里恩托斯将军的名字写在一张小纸片上，叠起来塞进了癞蛤蟆嘴里。①”

等我看到威德曼信的时候，那个玻利维亚独裁者已经在阿尔克②被活活烧死了，那架熊熊燃烧的直升机是海湾石油公司送给他的礼物③。

---

① 雷涅·巴里恩托斯（1919—1969）1964至1969年任玻利维亚总统。他对切·格瓦拉在该国领导的游击队及在西南地区矿工中的威望十分忌惮。1967年，在与游击队作战的同时，他派军镇压波托西省（Potosí）拉拉瓜支持游击队的矿工，制造了三十人被杀的惨案。

② 玻利维亚中部科恰班巴省（Cochabamba）的一个地区。

③ 海湾石油公司是美国的一家石油公司。20世纪初至80年代世界主要跨国石油公司。雷涅·巴里恩托斯当权时热衷吸引外国投资，并给予优惠和特权。他曾颁给该公司在玻利维亚开采石油和天然气的许可。

## 神学入门

那些日子我发现了玛丽亚·帕迪利亚[1]。

她出生在里约的下流社会；没过几年就入侵城北贫民窟。

她是一个女人的身量。

她穿着丝袜超短裙，裙子开口处露出袜带和大腿，紧身上衣，半敞着领口，胸几乎从里面跳出来。她戴满信徒献上的手镯和项链，留着长长的红色指甲，指间翘着一根带过滤嘴的金色香烟。

玛丽亚·帕迪利亚的蜡像，守护在各种祭品商店门口。而她真正活的地方其实是自己地盘上女祭司的身体。玛丽亚·帕迪利亚进入这些女人的体内，通过她们大笑，喝酒，

① 马库姆巴教女性神灵庞巴·吉拉（Pomba Gira）最重要的化身，被认为擅长爱情咒语，极具诱惑力。

吸烟，聆听询问，给出建议，纠正错行，甚至有能力诱惑魔鬼去帮助某个人恰如其分地满足心愿。

玛丽亚·帕迪利亚，被诅咒的女神，被圣化的妓女，化身为真实生活中的职业妓女。她们魅惑了自己，某种程度上，又是反之亦然。每场祭典都是关乎尊严的宗教仪式。“他们以为我是母狗？我是女神。”

## 所有这些都不在了

里约的许多贫民棚屋都被拆掉了。它们被铲到远离游客目光的地方。

城市里的各种神也跟着走了。呼念诅咒或者乞求帮助的鼓声再不会搅扰市民的清梦。

警察关了卡塔里诺的地盘。把他赶出城外。

# 神学入门

## 1.

七年前，我穿过拉拉瓜[①]结冰的小广场，步伐缓慢，双手缩进黑色高领皮夹克里。

“神父！亲爱的神父！”

一个男人突然冲出来，一路小跑，面色阴沉。他抓紧我的胳膊。借着仅有的路灯病弱的光线，谁都能读出那张瘦骨嶙峋的脸上写满期待。他戴着矿工帽，穿着矿工外套；声音听起来像是被咳出的：

“神父，你必须跟我来，我求你了。”

我说我不是神职人员。我解释了好几次。没有用。

① 玻利维亚西南部波托西省城镇，该国最大锡矿所在地。

“您得来，亲爱的神父，您得跟我来。”

我强烈希望自己能变成神父，哪怕几分钟也好。这个矿工的儿子正在死去。

“神父，他是我最小的儿子。您得来，给他抹抹圣油①。就现在，神父，我们走吧。”

他的手指钉进我的胳膊里。

**2.**

玻利维亚的矿井很少有孩子。根本没老人。

矿井里的男人注定要死于三十五岁之前，硅石粉尘把他们的肺泡磨成纸板。

平常的神管不到他们。

早先路西法亲自开启矿业狂欢。他骑着白马从奥鲁罗②主街进来。今天，魔鬼节吸引了世界各地的游客。③

但是，在矿井里，魔鬼不仅统治2月。矿工们叫他大叔，把他供奉在每个矿洞唯一的宝座上。大叔是矿井真正的主

① 涂圣油即天主教所谓病傅圣事，过去也称终傅圣事。教义认为疾病起于原罪，因主耶稣名给病人傅油，可减其病苦，赐其安慰和能力，免其罪过。见《雅各伯书》5：14—15。

② 玻利维亚重要城市，该国西部同名省首府。富产锡、钨、铜，自19世纪晚期起为锡矿业中心。

③ 奥鲁罗魔鬼节于2月2日基督教圣烛节（Virgen de la Candelaria）举行，以戴魔鬼面具的印第安传统舞蹈闻名。当地原系印第安人圣地之一，纪念安第斯诸神的本土节日于17世纪遭西班牙殖民者禁止后作此变体，以基督教面貌继续流传。该节日纪念的圣母主要为矿洞圣母（Virgen del Socavón）。

人：他决定赐予或拒绝锡矿脉，他想让谁迷路那个人就会在迷宫里误入歧途，他也会把隐藏的矿层指给自己偏爱的孩子，他能让矿洞免于塌方，也能引发塌方。在矿洞里说出耶稣基督的名字是致命的，圣母倒是可以无风险地提起。有时候，大叔会和承包商或承租人达成协议：卖给他们财富而收取灵魂。正是他冲着农民眨了眨眼睛，他们就放下耕种永远深埋洞穴。

矿工会围着伟岸的大叔陶像喝酒聊天。这就是恰拉会。他们给他点蜡烛，倒过来烧，还敬奉香烟、啤酒和玉米酒。大叔抽完香烟，喝空杯子。矿工在他脚下洒几滴烧酒，算是祭献一点酒给土地女神。

矿工恳求魔鬼让矿井繁荣。

“大叔，帮帮我们。别让我们死。”

这种恰拉会就像一所政治大学。独裁者禁止它的存在。但在矿洞许多秘密拐角处，男人聚集在大叔周围，谈论自己的问题以及改变事情的方式。他们感觉自己是被保护的，这给他们鼓舞与勇气。他们没有跪倒在魔鬼面前。离开时，他们把彩色蛇纹饰带绕在他脖子上。

3.

女人不能下矿井。古老神话说这会带来厄运。

这则古老神话，让她们得以逃脱矿井为男工人准备的早亡。

## 街道之战，灵魂之战

我的每个一半都不能没有另一半而独活。能只爱露天而不恨笼子吗？只活不死，只生不杀？

我的胸膛，如斗牛场，自由与恐惧在里面厮斗。

## 系　　统

机器教导，谁反对它，谁就是国家的敌人。谁检举不公，谁就犯下叛国罪。

机器说，我就是国家。这个集中营就是国家——这间停尸房，这片空无一人的无垠荒地。

谁以为国家是所有人的家，谁就不再是任何人的儿子。

# 他们把他活埋进一间地牢

温柔一定是根神经，断了就无法再缝上。我只认识为数不多的几个扛过痛苦与暴力的考验——真是罕见的壮举——依然保持温柔的人。

劳尔·森迪克[①]就是其中一个。

现在，我不禁自问，他还将剩下什么？

我记得，他粗糙的泥脸上绽开婴儿般的微笑，口齿含混地小声问我："你有小刀片吗？"

劳尔当时刚从老城一间土耳其人开的二手店买了一套西装，觉得自己钻进这只啡色细纹哔叽料布袋里显得无比优雅。但这套西装的裤子没有他最需要的装硬币的小口袋。于是他用小刀片和大头针自己做了一个。

---

① 当指劳尔·森迪克·安东纳乔（Raúl Sendic Antonaccio，1925—1989），乌拉圭劳工组织者，左翼城市游击队图帕马罗（Tupamaros）创始人。

那时候我十四岁，是社会主义周刊《太阳》的画工。他们在政党总部给了我一张桌子，上面有刀片、墨汁、蛋清水胶颜料和画笔。每周我都要交一张政治漫画。最好的笑话都是劳尔想出来的，每次他凑过来把这些笑话送给我的时候，眼睛里都闪着火花。

有的晚上，在社会主义年轻人集会后，我们会一起回家。

我们住得很近。他在杜伊利奥街下车，我要再坐几个街区。劳尔睡阳台。他受不了头顶上有天花板盖着。

多年以后，我经常问自己，劳尔被埋进地牢的那段漫长时间，他是怎么能不发疯的？从一个牢房到另一个牢房，他们一直把他关在深深的地底，上面盖着盖子，用绳索把水和面包放下去，这样他完全见不到太阳，也不能和任何人说话。

我无法想象那样的黑暗。我眼中的劳尔应该在露天的地方，在原野中央，坐在一块牛头盖骨上，把那儿当自己法律事务所的沙发。芦苇塘的工人都叫他“正义主持人”，他们从他嘴里才第一次理解了诸如权利、工会、农业改革之类的词语。

闭上眼睛，我又看见劳尔坐在乌拉圭河之畔的营火前。他挑起一块火炭靠近我的嘴唇，因为笨手笨脚的我用玉米苞叶和碎烟叶卷的烟又灭了。

## 布宜诺斯艾利斯，1975年7月：那群横渡河流的人

今天我得知，每个月杂志出刊的那一天，都有一群人为了读到它横渡乌拉圭河。

他们有二十几人。领头的是位六十出头的老师，曾经被长期监禁。

他们早上从派桑杜[1]出发，过河来到阿根廷的领土。大家共同买一份《危机》，占下一家咖啡馆。其中一人开始一页一页地高声朗读给所有人听。他们边听边讨论。朗读会持续一天。等结束了，他们就把杂志送给咖啡馆老板，然后回到我的国家——在乌拉圭，这本杂志已经被禁。

“哪怕只是为了这个，”我想，“也值得。”

---

① 乌拉圭西北部同名省首府，位于乌拉圭河东岸。

## 今天下午我撕碎了我的“博基”记事本，把碎片扔进垃圾箱

它陪我去过所有地方。跟随我风餐露宿，承受虐待坠落。螺旋金属线已经脱落，纸页都散落出来。火漆颜色的封面只剩下几条破布。这本“博基”当年是优雅的法国记事本，现在只剩下一根松紧带捆住一堆大大小小的纸片，完全被墨水和泥土毁伤、染污。

下决心很难。我爱这个松松垮垮的胖子。每当我想找一个地址或者一个电话号码，它就会在我手中爆裂。

没有任何电脑比得上它。这本“博基”安全地逃过了间谍和警察。我能毫不费力地从中找到我想要的：我懂得如何一小块一小块一碎片一碎片地解码它。

从A到Z，这本“博基”里有我十年的生命。

我从来没想过重新誊抄它。我说是因为懒；其实，是因为恐惧。

今天我杀死了它。

里面有些名字让我真切地疼痛。大部分名字我已不认识了。这个小本子里满是死人；也有一些活着，但对我已没有任何意义。

我确知这些年里数次死去又复生的人，是我自己。

# 我的第一次死亡

## 1.

每天夜里我都坐在床边，慢慢塞满烟灰缸。

天真的西尔维娅[①]一下就睡着了。天亮的时候我真嫉恨她。我摇晃她的肩膀叫醒她，我想对她说：这些就是让我睡不着的问题。我想对她说：我觉得孤独，我是追踪者，是冲着月亮狂吠的狗，但是我不知道取代词语从嘴里吐出来的是什么鬼。我想我结结巴巴说了许多胡话，比如：纯粹，圣洁，罪孽，渴望魔力。我最终让自己相信我是生错了世纪或者星球。

我已经遗失上帝几年了。我的镜子已碎。上帝长着我

① 爱德华多·加莱亚诺第一任妻子西尔维娅·布兰多（Silvia Brando）。

的面孔，说着我期待的话语。当我还是孩子时，他让我免于疑惑和死亡。而今我已经遗失上帝，也不认其他的神。

跻身政治同样不能让我解脱，尽管我经常全身沾满贴宣传标语的糨糊，感受到一种值得付出的愉悦疲倦或战斗情怀。周围是一个平静的世界，被驯化成服从，每个居民都扮演自己的角色（有的是完整的剧团），巴甫洛夫的小狗[①]准点流下唾液。

很多次，我尝试写作。我预感到这也许可以把我从体内生长的恶兽那里拯救出来。我写了一个词，有时是一个句子，立刻就划掉。几个星期、几个月过去，这张纸遍体鳞伤，安静地躺在桌上，而我什么都没说出来。

**2.**

我想哭。的确哭了。我刚满十九岁，宁愿认为眼泪来自我烧东西烧出的烟。我点了一个可观的火堆焚烧文档、照片和绘画，让自己什么都不剩下。家里浓烟弥漫，我坐在地上，哭泣。然后我离开家去药店买了足够杀死一匹马的安眠药。

我选好旅店。沿着布朗库河街往下走的时候，我觉得

---

① 巴甫洛夫的制约反射研究对大众文化有广泛影响力。巴甫洛夫的狗用来形容人的反应不经大脑思考，成为多部反乌托邦小说的主题。

自己几小时前甚至几年前就已经死了，空空荡荡没有好奇没有欲望，只差办完全部手续。不过，在圣何塞街过马路的时候，一辆汽车冲我轧过来，我还活着的身体猛地一跳，躲到了人行道上。

我对第一次生命唯一的记忆就是紧闭的房门漏进一小条光线，我沉入一个永不完结的平静夜晚。

3.

昏迷数天后，我在马西埃尔医院的监护区醒来。我觉得那块地方很像加尔各答集市：我看见半裸的家伙，包头巾的，卖纸牌的。他们的骨头直戳出来，瘦骨嶙峋。有的人蹲坐着。还有的吹着长笛让蛇跳舞。

离开加尔各答时我的体内已没有任何污垢和阴影。外在的身体则被屎尿的酸性毁损得厉害——我在旅店里睡入死亡的时候，身体还在自顾自地向外排泄。我的身体始终没有原谅我。那次的疤痕保留至今：洋葱一样的皮肤让我再也不能随心所欲地骑没有马鞍的马，不然皮肤会裂开流血；腿上的伤疤也深至骨头，每天早上我起床穿袜子的时候都会看见。

不过这都是我那段住院的日子里最微不足道的事。我被洗了眼睛：第一次看见世界，让我想吞下它。以后的每一天都是附赠的礼物。

我时不时会忘记，把附赠的生命送给悲伤。时不时地，我还会让自己被那个总也不能完全离开的惩罚者上帝逐出天堂。

**4.**

就这样我能写作了，开始用我的母姓加莱亚诺署名文章和书。

直到不久前我还以为自己当时这么决定是因为我的父姓用卡斯蒂利亚语发音太困难。毕竟正是出于这个原因，我少年时代在《太阳》发表漫画的时候把Hughes按照卡斯蒂利亚语的发音规则拼写成Gius。

最近某个晚上，我发现我从1959年底开始叫自己爱德华多·加莱亚诺是为了说：我是另一个人，我刚出生，我重新出生了。

## 归根结底，一切都是历史的问题

公元前几个世纪，埃特鲁斯坎人把死人埋进墙里，墙上欢唱着对生之喜悦的颂赞。

1966年，我和格拉谢拉一起下到埃特鲁斯坎文明[①]的古墓里，看见那些壁画。墙上有情人变换各种姿势尽情享乐，有人大快朵颐、举杯畅饮，还有音乐与祭典的场景。

我接受过天主教针对痛苦的训练，面对这片欢愉的墓地，我目瞪口呆。

① 公元前12至前1世纪埃特鲁里亚地区（亚平宁半岛及科西嘉岛）的古文明。

## 以及勇气

几年前一个晚上，在蒙得维的亚港口一间咖啡馆，我和一位妓女朋友喝酒到天明。她对我说：

“有件事你知道吗？我跟那些男人在床上时，从来不看他们的眼睛。我闭着眼睛工作。因为如果看了，我就会变瞎。”

## 但是要懂得选择

我们多少次把勇敢和对死亡的渴望混为一谈?

歇斯底里不是历史，革命家也不是爱上死亡的人。

死亡曾几次抓住我又放过我，现在还时常召唤我，而我让它见鬼去吧。

# 我的第二次死亡

## 1.

我起身，跌跌撞撞地摁开房间里仅有的一盏灯。挂钟显示晚上八点半。我打开通往木制露台的门，露台下面是海滩。满月让狗激动不已。不过，我不能入睡并不是因为犬吠。

站起来以后我感到一阵眩晕。我重新躺下，把枕头对折，想读点书。床是滚热的。门外灼热的微风不停地把大杏仁树的叶子吹落到我脚下。

对我来说那是重要的一天。离开医院的时候，他们给了我一张复活证书。

我晕晕地走了几步，打开淋浴喷头。我看着镜子里的自己：长着耳朵的一堆骨头。

我觉得悲惨极了。膝盖像果冻一样瘫软。下巴不停颤抖，牙齿打战。我聚集起所有仅存的力气用双手按住下巴。我想让这持续的嘎吱声停下。我做不到。

我坐在床上，膝盖裹着毛巾。水猛烈敲打在厕所的水泥地上。我坐了很久，什么都没想，盯着自己的脚趾。汗珠在我赤裸的身体上滚成一条河。我擦干汗，慢慢穿上裤子和衬衫。

淋浴喷头还开着。我这才发现自己还没洗澡。再脱掉衣服对我来说工程太大。我关上喷头，出门。

我光脚走在马库托[1]的大杏仁树下。

## 2.

加拉加斯是一个巨型超市。只有汽车可以在那里存活却不被弄脏灵魂或者肺部中毒。所以我在海边这间面朝大海的小旅馆里租了一个房间。离得不远。我每天穿过大山来来去去。

这里的确是个好地方。空气总是干净的，太阳早早照进房间，可以在一天开始前先好好游一会儿泳。海岸线上排列着好几家咖啡馆和饭店，小桌子摆在海滩边缘的树下。

---

① 委内瑞拉北部沿海城市。

鸽子很多。我到这里才知道，一只雌鸽把自己的喙和雏鸽的相连并不是为了亲吻，而是为了给雏鸽喂自己嗉囊里生出的奶。

3.

傍晚时分，休战的时刻，我获许出院。

亚历杭德罗·蒙多尔菲医生拍着我的后背说：

“我放了你。”

接着，他说：

“你在一个月里连得两场疟疾。你管好自己，不然就没活路。你得吃很多小扁豆。这是你的药：奎宁和补铁药。”

现在我算知道了，一只蚊子可以比一条蛇更危险，我也知道自己余下的生命都要被那场高烧冰与火的轮回带来的恐慌缠扰。丛林里的人们管这叫“经济型死法”，因为它只要一天就能杀死你，不用费任何钱买药。

我和丹尼尔·帕切科、阿纳尔多·门多萨，一起被大雨困在瓜尼亚莫丛林的钻石矿[①]里。这样的灾难报偿丰厚。在那里，一个人可能睡下的时候还是百万富翁，清晨就已经死了或者连买一个硬面包的钢镚儿都没有。比如黑人巴

---

① 位于委内瑞拉南部玻利瓦尔州（Bolívar）的西部。

拉巴斯曾经靠发现的一块鸽子蛋大小的钻石创立矿业家族，还拔光全部牙齿装了一副纯金的。最后却落得在边境一个破落的矿上乞求赊账吃一顿早餐。

矿上的人都在树中间的吊床上睡觉。一张吊床就是一个家，喝的是巴兰坦威士忌和法国白兰地。这里咖啡的价格是加拉加斯的十倍，我们很快就身无分文。内娜救了我们。她来自拉瓜伊拉[①]，十九岁，一晚上赚的钱比我一个月劳动所得还多。不过当我望见她的腿，就想："这是公平的。"内娜请我们啤酒和食物；我们终于熬到钻进一架小型飞机逃离丛林。蚊子吞食了我们，三人的血里都感染了疟疾。我得了两场：开始是一场轻一点的，接着就是严重的。

抵达医院的时候，我的头就是一块活生生的烂疮。高烧用匕首在我脑袋里搅动，火焰蔓延。张开的嘴里跑出呻吟和胡话。我觉得自己要死了，也不指望谁能在我的狂乱中现身，张开双臂救我于高烧的沸腾与刀砍：疼痛剧烈到我体内只剩下疼痛，我只是简单地想死，因为死亡都不会这么疼。

不过我很欣喜第二天早上我活着醒来了。烧退了。我眨眨眼睛：扫视了一遍旁边床上的邻居，我揉了揉眼睛。我周围全是因为利什曼病而情绪低落的面孔。麻风病吞噬

① 委内瑞拉加拉加斯北三十公里处的一座城市，为该国重要港口。

了他们的耳朵、嘴唇和鼻子，那些看起来就是骨头和牙床。

我被关了一段时间。我想我是那里唯一一例疟疾。麻风病人都是农民，不太说话。我把朋友带来的苹果分给他们吃。他们有收音机，可以听博莱罗舞曲。

医生往我血管里打的剂量足以治一匹马的奎宁救了我。我一点点恢复。看到撒出黑尿的时候吓了一跳，那是我死去的血。又开始发烧让我更加受惊。我抓紧医生胳膊求他让我别死，因为我已经不想死了，医生笑着让我滚。

**4.**

记忆中那段住院时光像一场旅行。我坐在火车上，穿行于世界，夜晚的浓雾里浮现出城市与光芒、亲爱的面孔：我对他们说再见。

我看见蒙得维的亚的大海和港口，还有派桑杜的营火，儿时快乐的街角和平原。我看见飞奔的小马驹。我看见泥块堆成的农舍和幽灵般的村庄。逃跑的母牛背上一群小鸟。一段废墟时光的碎片。我看见自己走进长满荒草的小礼拜堂。我插进钥匙，门吱吱扭扭打开。外面传来百灵鸟和凤头麦鸡的喧嚣。光线透过彩色玻璃窗照进来，我沐浴其中，脸红扑扑的，在杂草中间迈开步子走到祭坛前和上帝聊天，然后失去他。

我看见我的兄弟在树下猛地把我摇醒，那是我们骑马穿越草原的第三天清晨。他叫醒我问道：“你睡过女人吗？”而我伸了个懒腰，对他撒谎。

我看见无数大海和港口。郊区的餐厅，烟尘弥漫，闻起来是热食的味道。监狱。偏远地区。消失在山里的小村落。点着篝火的营地。我看见眼神，小腹，光彩：爱过的女人在暴雨里在大海中在火车上，半夜被钉在街边一棵树上的女人；甲虫抱着团从小丘的沙子里滚过。我看见我的孩子，还有那些再无音信的朋友。

我整个一生都在告别中度过。真见鬼。整个一生都在说再见。我怎么了？这么多告别我放走了什么？在我里面还剩下什么？我三十岁了，但是在我的记忆与活下去的意愿之间堆积了太多痛苦，太多恐惧。我当过太多人。我有过多少身份证件？

还有一次我差点溺死。而我没有死是因为那不是我选择的死亡，离自己人太远。这样的喜悦比任何慌乱或伤害都更剧烈。我想，这样死了对我是不公平的。这只小船还没到港。可要是没有任何港口给这只小船呢？那么航行就是为了对游历的纯粹喜好，或者出于疯狂，要追随已经遗失或想象出来的那片明亮的大海或天空。

我如果在这时候死了会是个错误。我想在死亡到来之前给出所有，掏空自己，让那个婊子养的死亡找不到任何东西可以带走。我发誓我还有的一搏！是的。这就是经历所有那些告别留给我的东西：更加精力十足、心甘情愿地继续航行，并且贪恋这个世界。

**5.**

朋友开车从医院把我接走。我们在太阳将要落山前抵达马库托。我们在一间咖啡馆坐下；点了啤酒。

黄昏的光线里走出许多其他时代的傍晚。年少时我去钓鱼，却不是为了钓鱼本身（事实上我并不喜欢钓鱼，那些鱼惹我同情），而是为了那种喜悦，坐在码头上凝望大海吞噬太阳。许多年过去了，还是如此。我的胸膛里还是有同样的感受。我想，无论如何，我某些本质的东西始终没变。

我和朋友说笑着。他们把拐杖递给我，说疟疾给我留下了圣维杜斯病毒[①]，建议我开始办理退休手续。

日落后，他们回去加拉加斯。我上楼去房间躺下。我想睡觉，但是睡不着。

---

① 亨廷顿舞蹈症（Huntington's disease）的旧名。一种遗传性神经退行性疾病，发病时无法控制四肢。

**6.**

于是我起来出去散步。我光着脚，能感觉到脚底的沙石，树叶轻触我的面颊。离开医院的时候我像个流浪汉，但是至少我活着出来了，鬼才在乎是不是下巴颤抖或者双腿虚软。我拧了拧自己，笑了起来。我没有疑惑也没有恐惧。整个星球都是我的应许之地。

我想我知道了不少可以讲给别人听的故事，而且发现（或者说确认了）写作是我的天职。以前很多时候我甚至曾经让自己相信，如果拿来和比如政党活动或冒险比较一下，写作这项孤独的志业并不值得。我写过也发表过很多东西，但是我一直缺乏触及自己内心深处、打开并献出自己所有的胆量。写作是危险的，仿佛按照应该的样子做爱。

那个晚上我意识到自己是追逐词语的猎手。我为此而生。这将是我在死后与他人相处的方式，这样所有我爱过的人和事不会随我死去。

为了写作必须沾湿耳朵[①]。我知道的。挑衅自己，激怒自己，对自己说："你做不到。打赌你做不到。"我也知道为了生出词语必须闭上眼睛剧烈地想一个女人。

---

① 沾湿耳朵是一句谚语，意为让一个人投身其中去搏斗。

7.

这时候我饿了，钻进马库托的一家中餐馆。我坐在门边，可以接收到从海上吹来的清新微风。

饭店尽头有一个年轻女人独自吃着饭。我只看见她的轮廓，几乎没能对焦。而且，我是近视眼，那天没戴眼镜。

我不记得自己吃的什么。大概是某种鸡蛋猪肉卷，汤，炒鸡肉之类的。喝的是啤酒，比起糟糕的红酒我还是更爱啤酒。我按照我喜欢的方式喝啤酒，冰泡沫沾在嘴唇上，金色的液体一点点渗过泡沫擦过齿间。

吃着饭我忘了下巴的颤抖。手稳稳把叉子送到嘴边。

我抬起眼。那个苍白的年轻女人慢慢从尽头走过来。

她从地上捡起一个纸叠的飞箭，把它撕成碎片。我望着她，她望着我。

“我给你寄了一条信息。”她对我说。

我咽了口唾沫。抱歉地笑了。

“坐吧。”我邀请她。

“我没注意到。”我说。

我问她那条信息说了什么。

“我不知道。”她说。

“坐吧。”我又说，拉过一把椅子。

她动动头，犹豫了一下。最后还是坐下了，盯着地板，无所适从的样子。

我想继续吃饭，但是很难。

“看上去你不太晒太阳。”我说。

她耸耸肩。

剩下的食物在我的盘子里变冷。

她伸出一只手摸烟。我看见她手腕上的刀疤。

我为她点烟。她咳了一声。

“这烟很劲。”她说。

她看了看烟盒，在手里转了一圈。

“不是这儿的烟。”她说。

灯光拂过她的脸。尽管瘦削苍白，她是美丽的。她紧盯着我的眼睛，我想微笑一下，却不知道怎么做。

“你知道我为什么扔飞箭给你吗？”她问我，自己接着说，“因为你有一张疯子的脸。”

我记得当时有一支中国歌曲，泣诉的，低低地响着。如果我没听错，一个女人的声音从中途切断每一声哀吟。

“我从不晒太阳，”她说，“我把自己整天关在房间里。”

“那你在里面做什么呢？”

“等待。”她对我说。

## 8.

最后饭店的灯都灭了，真是一种不太中国的赶人方式，我们往沙滩走了几步。然后坐下来。

我抬眼望着这个国家的夜空。和我们国家的不一样。我开始找星星。惊讶地在天际发现南方十字星。女人告诉我南方十字星能在5月看见。

她像是缄默了许多年一样说话。不停地说，咬着指甲。她所有的指甲都被啃咬过。

我的膝盖虚浮着，眼里睡意袭来；我的下巴又开始颤抖。但是我觉得在那里坐着很好。

我不知道为什么我要对她说她很好看但是很瘦。她反击地撩起裙子让我碰碰她的腿。

然后我们在树下走了几个街区。她模糊地指着通往海滩的窄巷上方一排红顶房子。

“我住那儿。”她说。

我也喜欢她沙哑的声音。

她停下来，背倚着一堵墙。

天气很热。路灯的光线里有蚊子在飞。

“原谅我说了这么多。”她说。

她咬了咬嘴唇。一小滴血滑落到下巴上。

9.

我喜欢看她在蓝色的月光下脱衣服。她说自己不是真瘦，这话没骗人。

我想我从没这么糟糕过。能动动胳膊都是胜利。我从她体内退出来就晕过去了。

我是被摇醒的。

“那是什么？”

我回头，揉了揉眼睛。

敞开的门边有两只金色的眼睛在闪光，黑夜里格外明亮。

“不知道，”我说，“一只猫吧。”

我正要重新滑入睡梦，她又抓紧我的胳膊。

“你看。”她说。

“什么？”

“它还在那儿。”

那双眼睛眨都不眨，一动不动。

于是我也没法睡了。

我打开灯，没看见猫，什么都没看见。我关上灯，翻身冲着墙。但是能感觉到后颈有如电击。

苍白的女人起身走过去。

“别管它。”我对她说。

我看见她弯下腰。隐约能听到海浪翻滚的低语。她的身体挡在我和那双金色眼睛之间。

突然她发出一声惨叫。

## 10.

我打开床头灯。她盯着自己的手，看上去恍恍惚惚的。我看见那上面有咬痕。

“这只猫有狂犬病。”她说道。突然开始哭。

我必须逼迫自己的喉咙才能说话。我相信我是真诚的，我对她说只有狗才传播狂犬病，猫没有。睡意袭来。她的手开始肿胀。

“不，”她坚持说，“猫也有。这只猫有狂犬病。”

“我要死了对你一点也不重要。”她啜泣道。

她决定出去问问。我站起身的时候，世界整个颠倒了一圈。我不知道是怎么把衣服套上的，下楼的时候还头晕目眩。

我们找到一个水手，他正背靠海滩上的石墙睡觉。他没生气，吸着第一小口烟不紧不慢地说，应该去追那只猫，抓到了才知道。

于是我们出发，三个胆小的人，在黑暗里呼唤着猫。我们只有一只手电筒。我们看到各种颜色大小的猫。我们冲它们喵喵叫，它们也回应我们，探出脑袋，顺着飞檐滑过，逃走不见。

每走几米我就得坐在地上为下面几步攒足力气。我甚至没有气去大喘气。我也没有眨眼：要是让上眼皮沾一下下眼皮，我就会睡着。

**11.**

她的手变成紫红色。整条胳膊都麻了，但是她已经不再抱怨。她得去医院。她想自己去。我的身体已经罢工：我下达指令可是它一动不动。“老伙计，”我求它，“您可不能辜负我。”

要去医院，我们得先到高速公路旁，然后等待掌管这个街区的神灵给我们派一辆出租车。高速公路在一个陡峭而漫长的斜坡另一头。

在医院里她被注射了血清。手上缠着绷带走出来。她干巴巴地对我说，未来的十四天，她得每天去加拉加斯的狂犬病防治中心打针。第一针是当天早上八点。我许诺陪她去。她什么都没说。

等我们回来时，地平线上已经升起黎明的晨雾。捕鱼船迎着第一道光独自出现在海滩前。

我梦游一样走上楼梯，一头栽在床上。我记得我还勉力调了闹钟指针，可是没有上发条。

醒来已经是下午四点。

**12.**

我去找她。

我一家家找遍她告诉我她住的那片街区。我不知道名字。我提供了所有能提供的信息：脸，皮肤的苍白，衣服；脖子上的方巾，凉鞋。没人见过她。没人听说过她。

我沿着海岸线一路向前。走着，问着，坚持着。

我得去加拉加斯。回来的时候已经很晚了。

中餐馆的服务生正在用锯末扫地。他倚在扫帚上，冲我笑了一下，点点头。他什么都没说。

## 太阳消灭了万物的颜色与形态

五年之后，我回到马库托。

那间德国旅店变了。我发现露台的柳条沙发坏损，纱门破洞，不过门外还是一如既往，太阳，鸽子，汹涌人潮。

我的房间空着。我睡在被其他身体用过的同一张床上，醒得很早。我去游泳，然后我找不到放在露台上晾干的游泳衣了。也许是一个小偷，可他没有地方可以进来，也不值得他拿；或者是风，但是没有起风。也许马库托每次都非得从我这里抢走一点什么。

我沿着海岸走了一整天。

天气很热，阳光折射下来几乎沸腾；只要把目光聚焦在空气里任何一点就能引燃一场白色大火。路易斯·布里托说得对，热带地区的阳光就是一支蚂蚁军团，所到之处，一概吞没。马库托的阳光，是从上帝眼中伸出的匕首：画家列维隆在这里建起他的石头房子[①]，后来变成疯子追着阳光跑，至死也没能握住它。

① 列维隆即阿曼多·列维隆(Armando Reverón，1889—1954)，委内瑞拉印象派画家。他于1921年定居马库托。

# 但我更偏爱人类的光芒

## 1.

“叛徒。”我对他说。我把一张古巴日报的剪报拿给他看：上面他是投手正在打棒球。我记得他笑了，我们也笑了；我忘了他有没有回答我点什么。谈话像乒乓球一样从一个话题跳到另一个。

“我不想每个古巴人都渴望成为洛克菲勒。”他对我说。

如果社会主义能净化人，能让他们超越自私自利，能把人类从竞争与贪婪中拯救出来，社会主义就是有意义的。

他告诉我，他还是中央银行主席的时候，曾用在钞票上签“切”来自嘲，他说金钱——该死的崇拜物——就应该是丑陋的。

和所有人一样，切·格瓦拉被他的眼睛出卖了。我记得他干净的目光，像是初生的晨光：那是有信仰的人才有的眼神。

## 2.

聊天的时候，不会忘记这个男人刚刚结束在拉丁美洲的巡礼，抵达古巴。玻利维亚革命的旋风，危地马拉革命的痛苦，他都在场，并且不是作为游客。为了谋生，他曾经在中美洲运过香蕉，在墨西哥的广场拍过照，然后他又把谋来的生命全盘赌上，开始了格兰玛号冒险①。

他不是个坐办公室的人，早晚要爆发。那种笼中猛狮的张力我在1964年采访他时就已经很容易地感知到了。

这个案例不同寻常，他抛下自己一手创立的革命和一小群疯子，重新开始另一次革命。他不是为胜利的荣光而活，而是为了战斗，为了人类尊严所永远必需的战斗。在我第一次到访古巴的时候，陪同的司机坎德拉一直叫他骑士。他只把这个至高的古巴式赞誉给过三个人：菲德尔·卡斯特罗、切·格瓦拉和莎士比亚。

---

① 指1956年11月25日菲德尔·卡斯特罗和切·格瓦拉等八十二位古巴革命战士乘格兰玛号游艇，从墨西哥远征古巴，反抗富尔亨西奥·巴蒂斯塔的统治。

3.

三年后，我定定地看着各大日报的头版。无线电传真来的照片从多个角度展示一具静止的尸体。巴里恩托斯将军的独裁政权向全世界展览自己的伟大战利品。

我长久地看着他的微笑，讽刺又温柔，脑海里浮现出1964年那次对话里的句子，关于世界的定义（“有理的是一些人，有东西的是另一些人”），关于革命（“古巴永远不是一个社会主义展示柜，而是鲜活的例子”），还有关于他自己（“我犯过很多错，但是我认为……”）。

我想到：“他失败了。他死了。”我想到：“他将永远不败。他再不会死了。”双眼定在他那张拉普拉塔河畔救世主的脸上，我突然很想祝福他。

# 布宜诺斯艾利斯，1975年10月：机器的日常生活

## 1.

奥兰多·罗哈斯是巴拉圭人，但是已经在蒙得维的亚住了几年。

他告诉我有几个警察闯入他家带走了所有的书。所有的：关于政治，艺术，历史，动植物。那队人里有一个年轻的男孩，没穿制服，他看见某些书名后面色惨白尖叫起来，像一个出席妖巫夜会的宗教裁判员。

一个官员斥责奥兰多：

“诸位带来了很多乱子。但是你们只有十个人。”

“我们是十个。暂时是十个。”巴拉圭人说，说得很慢，“但是，等我们变成十一个……”

他们也带走了他。关了他，又放了他。每周都重新把

他关起来：

“声明失效。”

他们虐待他，把他驱逐出乌拉圭。在布宜诺斯艾利斯，警察正等着他。他们拿走他的身份文件。

奥兰多说：“我运气很好。”

“快走，”我对他说，“他们要杀你。”

**2.**

我与安娜·巴苏阿尔多会面。她也算运气好。

她被蒙上眼从布宜诺斯艾利斯家中抓走。她不知道到了哪里。手脚都被绳子捆住。脖子系了尼龙绳。他们对她拳打脚踢，同时拷问她她发表的一篇文章的事情。

“这是一场圣战。我们已经审判了你，你是有罪的。我们要处决你。”

破晓时分，她被从一辆车上放下，在一棵树上绑紧。后背朝外，眼睛蒙住，但是她感觉到有几个人在身后站成一排，跪下。她听见枪上膛的声音。一滴汗从后颈淌下。接着，连发射击。

过后，安娜发现自己还活着。她摸索着自己——没有受伤。她听见发动机的声音远去。

她奋力挣脱捆绑，扯掉蒙眼布。下着雨，天色阴沉。

某个地方传来狗叫。她被参天古树包围着。

“一个为死亡准备的早上。”她想。

## 布宜诺斯艾利斯，1975年10月：她永不磨灭，尽管知道已注定失去

### 1.

晚上九点半。门房应该已经切断电梯。某处有窗关上。远处，近处，响起电视机和发动机的声音。犬吠，人声：有人在嬉戏，有人在抗议。有人招呼吃饭，菜要凉了；油炸食品和烤肉的气味从天窗侵入，空气里满是烟草的云雾。

我想到埃尔达。她已经入院，被注射了药剂，不再受苦，或者说不再感知到受苦。医生们交叉双臂：我们尽力了。我得去医院。这让我很难承受。

最后一次，埃尔达没有对我说：

“等我这次出去，你带我去你家吃饭吗？我突然很想吃中国菜喝红酒。”

已经有很多天埃尔达没有对我说“等我这次出去”或

者“等我好了”。

之前她曾经要求或许诺去影院或海滩或巴西，但是现在她不能说话了，说不了这些，什么都说不出来。

我是在比利亚尔·阿劳霍失踪那天认识她的。她的眼睛让我震惊，那么大，睫毛浓密，仿佛自苦痛中生出。

后来我们一直见面。

“你从哪儿得来如此甜度？”

“小时候大人给我吃了太多甜菜。在奇维尔科伊[1]，你认识那儿吗？”

我们常在托隆或拉莫斯酒馆相聚。

**2.**

疾病在她十六岁的时候就侵袭了她的胸腔。她花了八年时间与之抗争，看上去不曾失败，但是身体还是被钴、反复手术以及医生的失误惩罚了。她不怎么提这件事。她已经学会理解，包括所有的诅咒，她没有说谎：她把诊疗记录保存在衣柜里。

她入院前我在她家看见她的时候，她已经不能说话，因为每说一个字胸腔都会发疯跳动：她喝了一小口水，摇

① 布宜诺斯艾利斯西一百六十公里处的城市。

晃着手要氧气面罩。床边围着我不认识的亲戚朋友。埃尔达十分苍白，额头潮湿；脸埋在枕头里，脖子歪着，头发在额前分开。外面阳光普照，午后的光线透过窗帘照进来。蓝色的睡衣她穿着很好看，我这么告诉她。她悲伤地微微一笑，那一刻，我靠近她，在她脸上看见了死亡最初的迹象。她的鼻子尖削，皮肤有点紧压着牙床。眼神没有亮光，迷失于虚空；用手赶跑敌人或阴云或苍蝇的时候，某道短暂的闪光穿过她的眼眸。我吻她。嘴唇是冷的。

3.

一次她给我讲起一个从儿时起就纠缠她的梦。地铁冲出轨道一路向前，碾轧站台上的人。她在人群中，地铁冲她上面轧过来。她将将躲开，跑着，跳上台阶。这时才突然发现把一样东西落在下面。她必须回到地下。

4.

我抵达医院。全是人。有的在哭。我问埃尔达在哪儿。他们给我打开一扇门，我探进头，看见她。她穿着蓝色睡衣，但是皮肤的颜色已经变了，插满针头和导管。她嘴里有一根管子。从嘴里流出一丝血。尽管吃了大剂量的安眠药和镇静剂，她的身体还是剧烈抽搐着抖动。

我想着上帝也没有权利对一个人做这样的事。再后来就什么都想不了了。我梦游一般踉踉跄跄地走下楼梯。我听见埃尔达一个亲密朋友的声音在叫我的名字。我们面对面停了好一会儿，安静地，看着对方。医院门口人来人往。

然后她开口：

“那个周日……你记得吗？”

并没有过去一个世纪。仅仅十天或几个星期以前。埃尔达当时已经没法从床上起身了。她的肺正在一点点死去。她请求我带她离开那里。这是荒唐的胡话，但是没人反对。大家给她穿好衣服，梳好头。我们费了很大劲儿走上一辆出租车。我们用很小很小的步子走着，每走一米或一米半就要停下来休息一会儿。她筋疲力尽，我用胳膊架着她不让她跌倒。我提议去剧院或电影院。她想去我家。那个周日晚上，埃尔达有三片肺。凌晨她冲我挤挤眼，微笑着说：“我和魔鬼签了一份契约。”

而此时她最好的朋友对我说：

“我想让你知道她那天回来以后对我说的话。她回到家，对我说：‘你知道吗？魔鬼许诺的事情实现了。’”

## 女孩唱着歌在人群中巡航

在地铁站，熙攘的人群打开一条通道给一个唱歌的年轻女孩。

她甜蜜地晃晃悠悠地走着。

吉他上挂着一个麦秆编的小篮子，人们朝里面扔硬币。

女孩有一张小丑的脸，走路的时候，边唱歌边冲小男孩们挤眼。

在车站的嘈杂人声里，女孩唱着几乎秘密的旋律。

# 我是陶土做成，也是时间做成

自少年时代起，我就知道天堂里不存在记忆。亚当和夏娃没有过去。

能把每一天都像第一天那样活吗？

# 为了开辟宽阔的林荫道

## 1.

我不认识那个声音也不记得那个名字。那个声音告诉我她1971年见过我，在蒙得维的亚的体育人咖啡馆，当时她正要启程去智利。我给她写了几行字把她引见给萨尔瓦多·阿连德。“你想起来了吗？”

“现在我想见你。我必须见到你。”她说。她说她要给我带一则阿连德的信息。

我挂上电话。死死盯着紧闭的门。距离阿连德遍体中弹身亡已经过去半年。

我没法继续工作了。

## 2.

1963年冬，阿连德带我去南部。跟着他我第一次见到了雪。在蓬塔阿雷纳斯[1]那些漫长无边的夜里，我们聊了很多天，喝了很多酒，雪在窗户的另一边不停落下。他陪我去买了毛毡长裤。当地人管它叫“激情杀手”。

次年，阿连德成为智利总统候选人。穿过海岸山岭时，我们同时看到一块巨大的纸板，上面写着：“选弗赖[2]，穷孩子会有鞋穿。”有人在下面涂了一行：“选阿连德，不再会有穷孩子。”他很喜欢这个，但是他知道恐惧的机制有多强大。他告诉我有一个用人把她唯一的衣服深埋在主人家某处，害怕如果左派取胜，会来抢走她的衣服。智利承受着美元泛滥的苦果，城市的墙上，画着一群大胡子从妈妈们怀里抢走孩子送去莫斯科。

1964年的选举，人民阵线落败。

时光流逝，我们继续见面。

在蒙得维的亚，我陪他参加政治会议和集会；一起去看足球；共享食物、啤酒和米隆加舞。看台上人群的快乐令他感动，民众庆祝进球和绝妙配合的方式，挂在手臂上

① 智利南端重要港口城市，也是世界最南大城市。

② 即爱德华多·弗赖·蒙塔尔瓦（Eduardo Frei Montalva，1911—1982），智利基督教民主党（Partido Demócrata Cristiano）领袖，1964年选举中击败阿连德，同年至1970年任总统。美国中央情报局插手这次竞选，支持和赞助了弗赖。

的小鼓和烟火的嘈杂，漫天彩纸雨。他热爱老莫里尼烤苹果薄饼，圣罗莎赤霞珠也令他咂舌，不过这是出于礼貌，因为我们都知道智利红酒更好。他跳起舞来热情洋溢，却又带着一种老派骑士风，会前倾身体去吻女士的手。

**3.**

我最后一次见到他是在他即将就任智利总统前夕。我们在瓦尔帕莱索①的街上拥抱，周围都是举着火把呼喊他名字的民众。

那个晚上他带我去孔孔酒店，凌晨我们独自待在房间里。他掏出一只装着威士忌的军用水壶。我已经去过玻利维亚和古巴。阿连德不信任玻利维亚民族主义的军队，尽管他知道自己需要他们。他向我问起我们在蒙得维的亚和布宜诺斯艾利斯的共同的朋友。然后他说他还不累。他闭上眼睛，继续说话和发问。他把窗户半开着，好闻到和听见大海。黎明不远了。那天早上他在酒店里和海军首领们有一个秘密会议。

几天后，我们在他家吃饭，还有长得像埃尔·格列柯画中骑士一般的何塞·托阿，以及豪尔赫·蒂莫西。阿连

---

① 智利中部港口城市。

德告诉我们铜矿国有化法案会在议会遭到阻力。他考虑进行一场浩大的公民投票。扛着“铜矿属于智利人”的大旗，人民团结联盟准备打破资产阶级制度化的模型。他说起这个。然后跟我们讲了那天早上我在旁边房间睡觉时他和海军高层军官谈话的一部分内容。

**4.**

然后他当上了总统。我几次路过智利。但是从没想过耽误他的时间。

巨变的狂热时代到来，右派发动肮脏战争。事情并不像阿连德想得那样展开。智利收回铜、铁、硝石；垄断企业被国有化，农业改革分割寡头的脊柱。不过权力主尽管失去了政府却依旧保有武器和司法，掌管着日报和广播。公务员不办公，商人囤货垄断，工业家暗中谋反，投机分子把玩货币。作为议会里的少数，左派徒劳无力地辩争；军人自说自话地行动。牛奶，蔬菜，储备粮，烟草，什么都缺；然而，尽管长队绵延，口角不断，他倒下前一周，还是有八十万工人为了让人觉得政府并非孤立无援而在圣地亚哥的街上游行。只可惜这些人两手空空。

## 5.

现在，1974年的夏天快过完了，莫内达宫[①]已经被推翻半年。在我位于布宜诺斯艾利斯杂志社的办公桌前，这个女人坐在我对面，对我说起智利，说起阿连德。

“他问起你。对我说爱德华多哪儿去了？跟他说让他来找我。跟他说我召唤他。”

“那是什么时候的事？”

“政变前三周。我去蒙得维的亚找过你，没找到；你当时在旅行。有一天我打电话去你家，他们告诉我你来布宜诺斯艾利斯住了。再后来，我觉得已经没必要告诉你了。”

① 智利总统府所在地。

## 1942年夏

几年前，在基辅，我听说了为什么迪纳摩队球员配得上一座雕像。

我听说了战争年代的一个故事。

乌克兰当时被纳粹占领。德国人组织了一场足球赛。德军国家队对阵由毛料厂工人组成的基辅迪纳摩队：超人对阵饿鬼。

那个下午球场挤满了人。占领军队打入第一粒进球，整个看台一阵沮丧，鸦雀无声；迪纳摩队扳平比分，看台被点燃了；上半场以德国一比二落后告终，看台爆发了。

占领军指挥官把副官派去更衣室。迪纳摩队球员听见这样的警告：

“我们的球队从来没在占驻地输过。”

他威胁道：

“你们要是赢了，就处决你们。”

球员回到球场。

几分钟后，迪纳摩队打入第三球。球迷们站着看完整个配合，最后发出一声长长的呼喊。第四球：球场几乎被掀翻。

突然，还没到时间，裁判宣布比赛结束。

所有上场的迪纳摩队球员都在一座悬崖顶端被处决。

# 比任何悲伤或独裁更强大

在蒙得维的亚，达西·里贝罗刚开始流亡时[①]，肩膀上停着一只鹦鹉，啄拔他的胸毛。鹦鹉睡在阳台上。蒙得维的亚海岸的风很强劲。有一天早上鹦鹉醒来发现自己掉进了特鲁维尔的游泳池。

等我重新在里约见到他时，达西已经没有鹦鹉了。但是他跳起来迎接我，眼睛里烧着炭火；他一如既往地喊我“意识形态穆拉托[②]”；他问起我的工作，我的日子，毫无抱怨地给我讲他在一个个国家间游荡的故事。他说起巴西，告诉我一个大众汽车共和国不见得和一个香蕉共和国有什么本质区别，没过几分钟他已经给我分析了整个阿根廷的

① 达西·里贝罗（1922—1997）为巴西人类学者、教育家和政治活动家。曾任教育部长并推动教育改革。1964年巴西军事政变后流亡，其间居乌拉圭数年。
② 穆拉托是历史上西班牙人、葡萄牙人对欧非混血及其后裔的一种蔑称。

结构危机，告诉我应该为乌拉圭做什么。

我津津有味地听着他那些勇敢的理论和精妙的定义。达西有一个永不停歇的头脑，哪怕有时候他会弄错，或者要在枪林弹雨里追逐真理，也值得认识这样清醒的智慧。

出于某种原因，那些把马克思主义变成教理问答手册的人和专业让人觉得无聊的社会学家都没法忍受他。

后来我问起他的癌症。达西掀起衣服，给我展示一道疤。那是一条恐怖的裂口，呈L形，围绕他整个后背。

他笑着说：“你看。我是鲨鱼的残羹。”

他想去巴西做手术。军队允许他死在自己的国家。他们等着他，把他从机场带去医院。达西已经快没气了。用最后的力气摸了摸护士的屁股。他们摘走了一个肺，他活了下来。政府觉得上当了。

在里约的那个晚上，他即将启程去利马。达西一直在笑，但是他承认说不能再抽烟的念头让他困扰。

“很严重，是不是？我可是一天能抽五包的。”

“你知道我发现了什么？”他对我说，“我发现其实一个人可以为了抽烟的快感做任何事。一个人为了什么钻进海里？为了什么跟朋友聊天？为了什么看书？为了什么写作？为了什么做爱？”

“享受都在香烟里。”他说，“仪式在这儿。”

然后他笑了。

## 最后的声音

在巴拉圭亚松森一个院子里，堂霍韦尔·佩拉尔塔[①]扬起小干老鼠一样的拳头，反抗独裁者斯特罗斯纳[②]：

“推翻文盲元首！”他用尽力气高喊，“以真理之名推翻恶棍！”

我听他骂上几个小时。那时老佩拉尔塔浑身尿味，瘦得一把骨头。

他告诉我他给学生们写了一封信，向他们解释为什么要为美洲统一奋斗，要做财富的主人，不要再受美国佬控制；但是他把信交给了一个家伙去邮局投递，结果那个家伙是个间谍。

---

① 霍韦尔·佩拉尔塔（1895—1970）为巴拉圭学者、诗人和政治活动家。

② 即阿尔弗雷多·斯特罗斯纳·马蒂亚欧达（Alfredo Stroessner Matiauda，1912—2006）。1954年通过军事政变成为巴拉圭总统，借助两次修改宪法，六次连选连任，直至1989年才被另一场军事政变赶下台。

他对我说起索拉诺·洛佩斯，说起他高贵的死法，还有三联盟之战①。

“布宜诺斯艾利斯寡头对我们伤害巨大。”他喃喃地说，“让我们变得自卑多疑。布宜诺斯艾利斯寡头毁了我们的灵魂。”

“蠢货！”他尖叫着，让人必须捂住耳朵才能听见。

他瘦小的身体在茂叶大树下一动不动。堂霍韦尔只有嘴唇能动，但是愤慨让他手脚颤抖。他的脚上没有鞋，也没有护腿，长满冻疮。入夜时分，他睡着了。

霍韦尔·佩拉尔塔写过几本书，一生都在为巴拉圭人争取自由。

后来，他死了。

---

① 弗朗西斯科·索拉诺·洛佩斯（1827—1870）1862至1870年任巴拉圭总统，是前总统卡洛斯·安东尼奥·洛佩斯（Carlos Antonio López，1792—1862，1844—1862在任）长子。洛佩斯父子贯彻弗朗西亚立足国内发展方针，同时大力推动国家垄断式对外贸易以充实府库，大量引进技术、设备以增强国力，将国家推上近代化强国轨道。这一时期巴拉圭有了造船厂，兵工厂，拉丁美洲第一家炼铁厂，铁路和电报系统，自产汽轮组成的国家商船队，装备精良的第一流军队。发展相对超越邻国的巴拉圭在拉普拉塔地区激起了恐慌和仇恨，奉行自由主义经济的邻国和致力于经济渗透的不列颠人认为其不仅构成威胁，其发展模式更是反面榜样，极欲彻底清除其吸引力。这些原因与边界、关税、通航纠纷等叠加，促成了阿根廷、巴西和乌拉圭围歼巴拉圭的三联盟之战（1865—1870）。战争中止了巴拉圭的自治实验，更把它推到亡国灭种的边缘：丧失六分之五强人口（14至65岁男性十分之九）、十四万平方公里的土地，还有巨额战争赔款，使巴拉圭一举沦陷至拉丁美洲诸国最底层。拒绝投降战至最后一息的索拉诺，被巴拉圭人奉祀于先贤祠，他国学者则斥其为暴君。时间推移，如今多数学者不再认为三联盟之战是索拉诺的扩张战争，而认为是阿根廷征服性质的战争。参见爱德华多·加莱亚诺《拉丁美洲被切开的血管》，人民文学出版社，2001年，第215—222页。

# 我人生最艰难的任务

**1.**

当时我想：

“您比我强。我知道您能扛住。您是个硬汉。我必须得这么做，我请求您帮助我。”

那个男人在山里扛下两场战争。他被担架抬下来的时候，昏迷不醒，身上唯一有重量的就是那双沾满泥土、散了架的靴子。他被吊在天花板上酷刑拷打；因为知道他生病尿血，他们专踢他的腰部。他没有开口。过了一段时间，等他能起身了，他被关进叛徒牢房打爆头。

“请帮助我。”我想，“请帮助我失败。”

他十四岁就参加革命。从此只为革命和一个女人而活。现在我得去打破他一半的信仰。

“该死的任务。”我想。

牢房里，他正在做皮钱包。他用赚的钱让人给她买尼龙长筒袜和皮鞋。他有一个三十公斤的大衣箱，里面装满了打算回去时带给她的新衣服，因为她会在火车站等他。

但是这个女人和另一个男人同居了。

党组织决定告诉他她已经提出离婚。他们希望抢在敌人前面第一个告诉他这个消息。敌人可能用这个情况削弱他的意志，让他感觉自己孤立无援。

我找了个借口走进牢房，我的任务是告诉他这个消息。

**2.**

“所以她和别人住在一起了。”他回答我。

“不，不是这样。”我对他说，“但是她想……万一发生什么……她想是自由身。她有这个权利。已经过了很久，不知道还要多少年才能……她有这个权利。您不觉得她有这个权利吗？她没有玩儿阴的。”

“所以她和别人住在一起了。”他又说了一遍。

他是个寡言的男人。

“要是她没有跟别人住在一起，为什么想离婚？那个家伙，什么样？她还没给他生个孩子？”

3.

过了一阵子他交给我一封信，卷成香烟状，让我想办法给到他母亲手上。

我对信件总是不很保密。信里这样写道：

“妈妈：

“你被那个流浪女骗了真是太傻了。我从一开始就知道她最后会闹出这样的事。告诉她我不希望她回头又哭着来找我。

“我想让你把我的东西收好，什么都别落下。把奖牌、衣服、鞋子都带来。我收到了孩子们的照片。孩子们你也把他们带来。现在她已经没有任何权利了，最好也不要拒绝任何事。

“让内格罗去圣丽塔，在中央公路对着医院的地方，那儿的车站旁边就是阿马利娅家，如果找不到可以问中国人。她黑色头发，戴着瓷釉花手镯，是我做给她的礼物。跟她说准备好我很久之后回去。

“也告诉克拉拉，埃内斯托的表妹，让她等我。她住在恩拉马达墓园后面，长着一棵高大洋槐的地方。

“向大家问好！祈福。”

这件事发生在一些年前，我不能讲出发生在哪儿。

## 布宜诺斯艾利斯，1975年10月：暴烈的荣耀之光

今天双齿客来看我。他告诉我他如何逃出乌拉圭，讲了讲最近的征途。他说他很快就要去达喀尔看孙子。

叫他双齿客是因为他有两颗牙齿，这周就满四十岁了。他提醒我："人到四十，可能是圣人可能是醉鬼，但是会很纯粹。"

双齿客的口头叙事技巧令人敬仰。我很嫉妒他。他知道怎么用幻想拯救自己，而且请他喝一杯总是没错。他能让你坐在他面前，然后带你上路：

第二次世界大战期间，他在斯特恩将军麾下，负责从华沙的下水道疏散犹太人。

巴黎解放以后，他学习爱的奥秘。一个日本女人在狭长的床铺上为他揭示手指肚的密语，教他发现痣、毛孔和软骨的宇宙。在巴黎，双齿客是柔道和空手道双料冠军。

一个阿拉伯酋长签下他去统领自己的雇佣军。对抗共和国军的战争漫长而艰难。

双齿客和唯一幸存的士兵一起艰难地穿越沙漠。日日夜夜，他们分担饥渴分享希望：他们沉默地穿越沙丘，一起大笑，一起大哭。他们没法聊天，因为听不懂对方的语言。他们经历了悚人的横越，终于抵达麦加。那天晚上，致敬晚宴在麦加的希尔顿酒店举行。他们沐浴剃须，换上干净的长袍。阿拉伯人敬酒，口译员翻译。阿拉伯人说他从未见过如此勇敢的人，并邀请他在当天晚上占有自己。

在亚马孙河流域，双齿客和博罗罗印第安人[①]一起过了两年。成为战士的九项考验他都一一通过。最难的是让蚂蚁爬上涂满蜂蜜的身体。部落把他接纳为自己的孩子。他没有和任何印第安女人做爱。如果他做了，就得永远留下：没人能从这个村庄逃走。周围的丛林里，双齿客数到过八千头美洲豹。

在马瑙斯[②]一位北美人类学家雇用了他。他们乘独木舟而下。她是个美貌金发女郎。双齿客为她的裸背抹过海龟油以驱赶蚊虫。经历数次差点溺水和陷阱之后，他们终于抵达一个沙万特人[③]村庄，部落酋长向他提议：

---

① 生活在巴西西部巴拉圭河（Paraguai）上游及支流地区的印第安民族。
② 巴西西北部亚马孙州（Amazonas）首府。
③ 巴西印第安民族。原居该国中南部托坎廷斯河（Tocantins）流域，19世纪40年代西迁至莫尔蒂斯河（Mortes）与阿拉瓜亚河（Araguaia）间热带草原高地。

“我用我的女儿换她。”

“她不是我妻子。”双齿客解释说。

“傻瓜，”酋长说，“那你不是更赚了？”

双齿客在河上来来去去。

有一次他筋疲力尽来到上欣古[1]一片土著民保留地，遇见了一个修士。修士给他提供了一张吊床，让他睡在自己的棚屋。他们吃水果喝烧酒。修士说了很多话，他告诉双齿客自己怎么剥削印第安人，用圣母版画像交换当地的值钱工艺品。双齿客并不信任修士，他意识到自己变成了一个危险的证人。他喝得烂醉，困得不住点头。但是睡觉时他把吊床的网拉得很紧，只要有脚步靠近就会震动。半夜，修士蹑手蹑脚靠近，用猎枪瞄准他。双齿客一跃而起，用刀砍下了他的头。

双齿客往下游去，在沿途的第一个警察局遇见了塞乌·萨卡里亚斯，这警察是他的老朋友。他告诉塞乌发生的事情。塞乌·萨卡里亚斯走到独木舟旁，揪着头发拎起修士的头扔进河里。

“食人鱼会解决好的。”他说，然后请双齿客喝了一杯咖啡。

第二年，在哥伦比亚……

---

① 即欣古河（Xingu）上游。该河发源于马托格罗索高原（Mato Grosso），流经巴西北部，为亚马孙河东南支流。

# 里约热内卢，1975年10月：这天早上他离开家再没有活着出现

## 1.

我们在月亮酒吧，喝啤酒，吃蟹饼。

我有一双滑石粉白鞋，我的朋友想说服我要先抹滑石粉再穿鞋。

那天下午一个记者在加莱诺·德弗雷塔斯的家对我做了一个报道。她录了两三个小时的谈话。录音机却什么都没记下。只有持续的嗡嗡声。泽·费尔南多提议写一篇关于蜜蜂性生活的文章。

泽宣布第二个周日他要在自己尼泰罗伊①的家中举办宴会，有一大盘子炖婢鲈。

① 与里约热内卢隔瓜纳巴拉湾（Guanabara）相望的一座城市。

我要了更多的蟹饼，然后又要了更多：大家都说我就像一群水虎鱼。

那天晚上我们为随便一件事大笑，在月亮酒吧我们为所有事情大笑；当门口出现一个大眼睛橄榄油色皮肤的女人时，我们都张口结舌。她头上系着一块红色方巾，像吉卜赛女郎。她只让人看见了一瞬间，在那一瞬间她是个女神，然后就消失不见。

## 2.

阿里带来消息的时候我们正在月亮酒吧：

“他被自杀了。”他说。

托雷斯在电话里告诉阿里的。来自圣保罗的通知。

埃里克站起身，面色苍白，张着嘴。我抓紧他的胳膊；他重新坐下来。我知道他和弗拉多①约了见面，但是弗拉多没有去也没有打电话。

“但是他什么都没参与。”他说。

“他们杀他就是因为他不知道。”加莱诺说。

“这个机器疯了，”我想，或者说了出来，“他们应该是算的1917年革命的账。”

---

① 弗拉多是弗拉基米尔·埃尔索格（Vladimir Herzog，1937—1975）的昵称。他是巴西编剧家、大学教授，其时任圣保罗文化电视台（TV Cultura）总编辑。

埃里克说：

“我以为那件事已经结束了。”

他把头埋进手里。

“我……”他怨气冲冲。

“别这样，埃里克。”我对他说。

“你不懂。”他说，“你什么都不懂。你懂个鬼。”

杯子空了，我要了更多啤酒，让他们把盘子也加满菜。

埃里克愤怒地盯着我看，然后钻进了厕所。

我打开门，发现他背身冲着墙。紧绷着脸，双眼潮湿，攥紧拳头。

“我以为已经结束了。我以为都已经结束了。”他说。

埃里克是弗拉多的朋友，他知道弗拉多做过什么，知道还有多少他要做却再不能做的事。

3.

不久前，埃里克的儿子出生。叫费利佩。

“二十年后，”他说，“我会给他讲现在这些事。我会给他讲那些死去的和被关押的朋友，讲我们这些国家的生活一度多么艰难，我希望他看着我的眼睛不相信我，希望他说我骗人。唯一的证据就是他当时在这里，但是他什么都不会记得。我希望他无法相信所有这些曾经可能发生。”

## 4.

费利佩出生在9月4日凌晨五点半。埃里克给他在圣保罗的最好的朋友打电话：

“玛尔塔正在生孩子。我觉得孤独。我感觉不好。”

朋友说他半个小时就到，但是接着就睡过去了，没有去。

埃里克走上街，买了一份日报。他用一张一百面值的克鲁塞罗付钱。

卖日报的人说：“我没有零钱找。”

埃里克扬起手，指着妇产医院说：

“看见了吗？那扇窗户里，我妻子正在生孩子。过来跟我喝杯啤酒。我用这张钱请客。”

## 5.

费利佩在摇篮里，埃里克对他说话：

“你知道吗？我对汽油的事总是很蠢。今天我又没油了。下次我们路过加油站你得提醒我。”

他说：“你出生时一切都确定了。你有一个永不停歇的父亲，他永远不会有钱。你爸爸朋友都混得很惨。现在我们要去布宜诺斯艾利斯。原谅我，我觉得自己很不公平。我带你走，而你不能决定。”

他想着：

“要是明天他就表示世界并不是随机的呢？要是他更愿意当一个股票经纪人的儿子呢？”

他举起费利佩，带他去屋顶平台上，把各种植物指给他看：

“你看。这是我们四年来种的第二株茉莉。第一株一朵花也没开。这一株开了四朵。它们开的时候我在外面。我很遗憾没能看见它们出生。我给茉莉除过虫，终于看见发芽。现在你要再等一年。我必须得走，知道吗？没有别的办法。我得工作。”

在原野里，埃里克爬到树上，好让费利佩看看这是怎么做到的。

6.

弗拉多·埃尔索格沐浴，剃须，亲吻他的妻子。她没有起身送他到门口。

“没什么好怕的。”他说，“我过去，把所有的事说清楚，然后就回来了。”

当天晚上的电视新闻节目还是由他署名负责。当人们看见新闻的时候，他已经死了。

官方通告说他是上吊身亡。当局不允许尸检。

弗拉多没有被埋进自杀陵园。

圣保罗的公共安全长官宣布："这是一场残酷的战争，这是一场赤裸的战争，在这场战争里，如果我们不想失败，就要采用和敌人一样的战术。我们要在他们把我们当晚餐之前，先把他们当早餐吃掉。"

7.

兄弟，你知道从你家窗口望见的里约破晓是什么样的吗？天空的清澈慢慢从屋顶后面上升，卵石逐渐被染上紫红色。负载着雨水的云一路逃离。一只鸟路过你旁边，像一道闪电：这是新一天的迹象。洁净的空气震动你的身体，充满你的胸膛。你的家，我的家：大海在更远的地方——因为那些该死的新楼——已经看不见了，但是我能感觉到它，大海的气息，海浪的呼啸，我知道有一天它会来吞噬我，会把我带去远方，去它那里，大海，一袭白衣的贪婪女神。

## 8.

我们去古老的拉马斯酒馆向这个地方告别。很快它就会被推倒，再没有地方可以呼吸这混杂着水果、烟草与逝去时光的香气。我们穿过成堆的橘子、香蕉、菠萝、番石榴和西番莲，走进拉马斯。

我们沉默而悲伤地喝着啤酒，一杯接一杯。里约酒吧巡游人卡纳里尼奥正在尽头的桌子上大骂世界。

“我读尼采。你们什么都不懂。”他攻击道。

他瘦瘦小小，独自一人，喝得烂醉。每句话说完都要吹一声鸟叫。小金丝雀的鸣叫。①

“我们会一直说话。他们以为能让我们闭嘴？没门！一群胆小鬼！”

卡纳里尼奥吹了一声口哨。

“都太年轻了！他们讨厌年轻人！”

一声口哨。

“圣保罗没法停止杀人。没法停止杀人。”

他吹了一声口哨。

---

① 卡纳里尼奥在葡萄牙语中字面意思为小金丝雀。

# 系　　统

五十万乌拉圭人流亡国外。一百万巴拉圭人，五十万智利人。起航的船上挤满逃离牢狱、墓石和饥饿的年轻人。活着是一种危险；思考，是罪；吃，是奇迹。

但是，在自己国家边界之内还有多少人被放逐？有什么数据记录了那些被判屈从、被判沉默的人？希望的罪行，难道不比人的罪行更深重？

独裁是无耻言行的惯例：一台让你变聋变哑的机器，不能听，无力说，看不见所有被禁止观看的东西。

在巴西，第一起折磨致死发生在1964年，当时是全国性的丑闻。第十起将将出现在日报上。第五十起已经被接受为正常。

机器教人如何接受恐怖，就像接受冬天的寒冷。

# 布宜诺斯艾利斯，1975年11月：我喜欢感觉自由，如果想就留下

## 1.

汗珠滚落下来，滴滴答答，落在桌上一堆散乱的纸张中间。这张写字台简直是猪圈。各种纸张前进着，向我涌过来，靠近我。我应该回复的信件混在应该修改取名的文章中间，还有一些没来得及看的作品。我的手在面前的纸堆里翻了半天也没找到手巾，反而出现了几根香烟。我站起来去借火。走在路上，大腿内侧生疼。

纸堆里露出一封信，是鲁道夫·吉尼的遗孀玛尔塔写来的。距离他被清洗已经过去一年。他是凌晨从环戈冷的家中被抓走的，随即被抛在五公里外的公路上，满身弹孔。从那时起，他的妻子就不时给我寄来或者带来任何她找到的丈夫写的东西。我与这个素不相识的男人成了朋友。他

通过他留下的文字接近我。“一个人能只爱河流却不爱大海吗？”他写道，“上帝并不存在，因为他不会死。所以上帝不认识你也不爱你。”

吉尼是个老师。除了教年轻人面对面看世间万物之外，他没有犯任何罪。

“每个晚上我都想这是最后一夜了。”玛尔塔在信里说，“我不担心我自己，但是我担心孩子们。”（吉尼被抓走的晚上她用牙齿拆开塞在嘴里的东西，扯断绑住手腕的绳子，尖叫着在黑暗里狂奔。）有一天十岁的儿子看着耶稣蒙难像问她：

“妈妈，那些男人进来的时候，他在吗？我以为他在的地方不会发生那样的事。”

**2.**

胡安·赫尔曼的信，寄自罗马。他是《危机》杂志的编委，已被定罪多时，搭上一架飞机才将将逃离。①

“我这三周一直心动过速，”他在信里说，“我没法阻

① 胡安·赫尔曼（1930—2014）是阿根廷记者、诗人，当代西班牙语诗歌重要人物，塞万提斯奖获得者（2007）。出版有《悉尼·韦斯特的诗》（*Los poemas de Sidney West*，1969）等二十多部诗集。1959至1964年任新华社驻布宜诺斯艾利斯记者。因受三A联盟恐吓，于1975年赴罗马。1976年军事政变后长期流亡欧洲、美国。1988年短暂归国后定居墨西哥。

止。不是因为我觉得有罪（基督教意义上愚蠢的负罪），而是因为我离得太远了，尤其因为，在你那里发生的那些事情的严重程度，敲打在这里就像打在橡胶墙上一样，激发我无法平息的怒火与悲伤，造成的最终结果就是心动过速难以呼吸。

“原谅这份庄重。我已经憋了好一阵子无处发泄。对我来说，往布宜诺斯艾利斯写信太难了。我不知道是自我防御作祟还是回避的意愿太盛——不是回避痛苦本身，而是回避说出痛苦的过程。我知道一切都不好，这让我夜夜噩梦。

“如你所见，爱对我而言总是很难。大部分时间我可以做做爱就足够。但我知道这是不够的。我们有很多人都带着受损的爱人能力行走于世，但是要有勇气把这种亲密展现出来，包括其中所有的瑕疵。我现在觉得这需要学习，就像生命中很多其他事情一样。我们得在学习中死去，如果我们想暂时忘掉死亡本身。”

我感觉像是看见了胡安，那个早上他把一个用日报包着、系了细绳的包裹扔在我桌上。里面有他所有的衣服物品。他对我说：

“我得搬家。不知道搬去哪儿。我现在出去找。帮我看好这些东西。”

他转过身，手已经放上门把，又加了一句：

“不过在我走之前，先给我讲讲那个母鸡的故事，因为我现在很悲伤。”

那是帕科·埃斯皮诺拉[①]的一个故事。胡安早就倒背如流，但是每次我重讲一遍他还是笑到呛住。帕科用杀死一只好斗的母鸡洗清了自己家族的尊严。

现在，我从远方给胡安写一封满纸玩笑的信。

胡安说爱对他而言很难，但他可以敞开胸膛相邀，只要他想：他知道如何给女人写信——“像面包放进嘴里，像流水滋润大地，但愿我能在某一处为你所用。”他懂得怎么恳求她——“让你的双脚行走在我的脚上，你的双脚。……你属于我就像木头制成木棍。”[②]因为诗人胡安希望那个女人的身体是他唯一可以被击败的国度。

**3.**

我的手陷进口袋。伸了伸腿。昏昏欲睡的情绪让我愉悦又疲惫地颤抖。我感觉到夜晚投射在城市上方。天很晚了。我一个人。

我不该独自一人留在这里。我知道的。但是这个晚上

① 即弗朗西斯科·埃斯皮诺拉（Francisco Espínola，1901—1973），乌拉圭记者、作家。创作有小说、戏剧及儿童故事等。参与反抗独裁的革命运动并因此系狱。后期加入乌拉圭共产党。

② 上述诗句分别出自《乞求》（*Prego*）和《祷告》（*Oración*）。

我还是让自己一个人待着，什么都不做，只是慢慢打开想象或记忆的一扇扇小门。

懒懒地。我窝在椅子里。天太热，必须这样；或者我只不过这样做了。

我听见许多人在我脑子里吹口哨，有的认识，有的陌生。无数张脸，无数句话，在我体内穿梭交织。出生，长大，盘旋。我是去听它们的耳朵还是旋律本身？我不是去看它们的眼睛：我就是画面。

**4.**

电话响起来，我打了个激灵，看看钟。晚上九点半。接不接？我接了。是三A联盟的总指挥何塞·鲁西。

“我们会杀了你们，婊子养的。”

“先生，接待威胁的工作时间是六点到八点。”我回答道。

挂了电话，我感觉很高兴。我为自己感到骄傲。但是我想起身却站不起来：腿在抽筋。我试着点一根烟。

# 布宜诺斯艾利斯，1975年11月：他在烂泥里醒来

大雨猛烈敲打在三角洲某处，惊醒了他。蒂格雷是棕色的，他以为这是地狱里的河流。[①]他踉踉跄跄走在小岛中间。走进一间酒馆，坐在炉火边。上了红酒，他叫一个女人来他的桌子。他邀请她的时候，她是个金发女郎；但是几个小时过去，她的发色渐渐改变，老了许多岁。他抓紧女巫的手告诉她自己的兄弟死在了蒙得维的亚，愚笨的死亡，那时他没能去，现在也不行。不过这还不是最坏的。最坏的是另一件事，他说，可是她想离开，他不让。最坏的是他想不起来最后一次见到兄弟是什么时候，也不记得说了什么，都不记得了。

① 蒂格雷为布宜诺斯艾利斯北二十八公里处城市，地处巴拉那三角洲。这里的河流当指流经当地的蒂格雷河，三角洲诸多河道之一，又为雷孔基斯塔河（Reconquista）主要支流。

埃米利奥·卡萨布兰卡这么跟我讲，他想不起来是发生在昨天还是一年以前。我觉得自己看见他在索里亚诺街的那家酒窖里，暴怒的一夜，沿墙摆着一排红酒瓶，他一阵猛打猛踢把它们全都击碎，后来很长一段时间都不能画画。

我们是在布宜诺斯艾利斯一个街角偶然遇见的。现在我们一起吃点东西，明天会一起去集会。我们会出去散步，天上有许多星星，明天一定是个好天气。

# 系　　统

那些蒙面人凭咳嗽声相认。

他们花一个月的时间追杀折磨一个人，最后对残喘的他说："弄错人了。"等这个人被放出去的时候，已经丢了工作。身份文件也丢了。

一个老师或者教授可能因为朗读或说出一句可疑的话而被革职；只要被拘留就会丢掉工作，哪怕不过是被关一个小时而且是抓错了人。

在公众场合唱国歌时拿腔拿调唱"暴君们颤抖吧"这一句的乌拉圭人，会被判处"攻击武装联盟道义罪"：十八个月至六年徒刑。在墙上涂鸦"自由万岁"或在街上抛撒纸条的人会遭受刑讯折磨，要是幸存，则将在监狱中度过大半生。要是被折磨致死，死亡证明上会说他企图逃跑，失足坠楼，或者自缢，或者突发哮喘。不会有尸检。

每个月都有新的监狱开门。经济学家都管这叫发展计划。

但是，还有那些看不见的牢笼呢？哪份官方报告或反对宣言里出现过被恐惧囚禁的人？害怕失去工作，害怕找不到工作，害怕说话，害怕听见，害怕阅读。在这个沉默之国，目光闪一下都可能落进集中营。都不用以开除来威胁公务员：只要让他知道自己可能不经预审即被革职，再没有人会雇用他。当每个公民都变成自己行为语言无情的审查官，审查就真正取得了全面胜利。

独裁把军营、警局、废弃的车厢和船舱都变成监狱。每个人的家不也变成监狱了吗？

# 系　统

那天是卡尔父亲的生日。他第一次被允许晚餐后留下来和大人们一起。他始终坐在角落里，看着亲朋好友喝酒聊天。站起来的时候，他撞到桌子，把一杯白葡萄酒打翻在地。“没关系的。”父亲说。

母亲扫走了碎玻璃，用抹布擦干地面。父亲陪卡尔去卧室，对他说：“十一点，等客人走了，我揍死你。”

那之后的两个多小时，卡尔在床上听着外面的声音和时间流逝的脚步。

晚上十一点整，父亲来了，抽出皮带鞭打他。

“我这么做是为了你好，为了让你学着点。”父亲一如既往地这样说，卡尔光着身子大哭，头埋在枕头里。

几年前，在蒙得维的亚，卡尔给我讲了这个发生在德国的童年故事。

# 布宜诺斯艾利斯，1975年12月：
# 交流

靠着篝火，我带来溪水。

“大师，尝尝。刚刚好。”

“嗯。”

“你喜欢它，对吗？”

“棒极了，小兄弟。”

我们做了些香肠，毫不油腻非常美味。里脊肉也很值得在嘴里停留咀嚼。然后是烤串，铁箅子上一小段一小段骨头，要慢慢地吃。我们笑得有点噎住了。

“烤小肠干得正好，很松脆。”

“我在烤之前就穿好了。这是关键。”

我们闻了闻酒，几瓶卡尔卡松葡萄酒，摇晃几下，感觉到它温柔稠密地滑进肚子。

我们大快朵颐，畅饮一番，烤肉吃得连骨头渣儿都不剩。大师用叉子尖抢走最后一口。我看着他，像狗一样眼巴巴地看着他，心想："他会感动的。"结果他完全不为所动，风卷残云。

后来我们躺在草地上，太阳照在脸上，整个小岛都是我们的。我们抽着烟。没有蚊子。微风把木麻黄[①]的树盖吹得哗哗响。时不时能听到远处船桨拍水的声音。

要是独自一人，烤肉绝不会像和爱德华多·米尼奥尼亚[②]一起吃这么有滋有味。某种程度上，我们共同造就了酒肉的美味。我们吃吃喝喝，像是在用嘴同时也用记忆庆祝。我们中任何一人都可能在任何时刻中弹身亡，或者变得太孤独以至于希望被一枪崩了，但这些一点都不重要。

等我从午睡中醒来，爱德华多坐在码头上，两条腿垂着晃晃荡荡。夕阳糅进坎巴多的河水。

"有天晚上我做了个梦，"他说，"我忘了跟你讲。我梦见我们坐着机动艇到这里来。我们面对面坐在船尾聊天。旁边没有别人。其他乘客全在船头的座位上，离我们很远。我看着他们，注意到有点奇怪。他们很安静，不说话，每个都长得完全一样。我对你说：等我一下。然后就往船的另一头走。我碰了碰其中一个乘客，砰，他倒在地上，头

① 一种热带乔木。

② 爱德华多·米尼奥尼亚（1940—2006）是阿根廷导演、编剧家和作家。1975年流亡西班牙，1981年归国。影片皆自编自导，以《秋日之阳》（*Sol de otoño*，1996）、《灯塔》（*El faro del sur*，1998）和《消失》（*La fuga*，2001）三次获戈雅奖最佳西班牙语外国影片奖。

碎成石膏片。我冲你喊：快跳，快跳下去！自己也跳进水里。我们在水里潜泳。等我露出头的时候，看见了你。我们又潜进水里，继续拼命游。我们游得足够远后，船炸了。我感觉到爆炸，冒出头：看见浓烟和火焰。你在我身边。我拥抱了你，然后我醒了。”

## 布宜诺斯艾利斯，1975年12月：交流

哈伊洛打电话给我。他昨天刚到阿雷格里港；会在布宜诺斯艾利斯停留几天。他邀我吃晚饭。

我们五六年没见了。我努力掩饰自己的震惊。

他的脸已完全变形，一只眼皮半耷拉着，笑起来嘴是扭曲的。左手是一个钩子，很少动：戴着手套抵御夜晚的寒冷。

走在市中心，哈伊洛的身体摇摇晃晃，不受控制地撞到我。他停下来，深呼吸，两肋刺痛不已。他很紧张。边走边吐口痰。

我什么都没问。

有几次他提到那场意外："我出意外时"，或者，"自从我出了意外"。

他给我讲自己的历史研究，在葡萄牙发现的激动人心

的档案，住在帕尔马里斯的小棚屋[①]的日子，萨尔瓦多城[②]的奴隶起义；他解释他的论文，是关于巴西历史的核心在于奴隶制度。

我们走进一家餐馆，继续争论。哈伊洛深度研究过弗朗西亚独裁时期的巴拉圭[③]。我们观点不一。关于上世纪阿根廷蒙托内罗们的考迪罗们[④]，我们也持不同意见。

但这不是他想对我说的。我一直感觉到还有另一个声音，另一种旋律。

我们点了更多的酒。

---

① 指帕尔马里斯的基隆波(Quilombo dos Palmares)，17世纪巴西规模最大的逃亡黑奴聚落，在今阿拉戈斯州(Alagoas)市镇乌尼昂－杜斯帕尔马里斯(União dos Palmares)境内。Quilombo指逃奴藏身处，源自班图语(bantu) kilombo和ochilombo。

② 巴西东部巴伊亚州(Bahia)首府和港口，该国第三大城市。殖民时期非洲奴隶贸易主要中心。

③ 弗朗西亚即何塞·加斯帕尔·罗德里格斯·德弗朗西亚(José Gaspar Rodríguez de Francia，1766—1840)，神学博士、律师，巴拉圭独立运动和自治革命领袖。1813至1816年先后被选举为轮职执政官(Cónsul)、任期五年的最高独裁者(Dictador Supremo)、终身最高独裁者(Dictador Perpetuo)。以法国大革命思想为指导，在国内实行旨在摧毁教会和贵族特权、促进社会平等的改革，最重要的是将绝大多数土地收归国有，建立国家牧场，国家直接管理或以极少费用租给农民。对外则实行闭关自守，严格限制往来和通商。这在当时激怒了外国商人和政府，给他带来至今清除不尽的毁谤。这是由环境强加而非宁愿采取的政策。作为精明审慎和有远见的政治家，他看到巴拉圭处于不利的地理位置而邻国怀有扩张野心，宁愿放弃对外贸易所能带来的财富，最大限度地维护政治和经济的独立自主。为此他也极力避免卷入邻国纠纷和不明智的结盟。闭关自守带来的福泽是免于干扰和迫使追求粮食自给自足、经济多样化发展，通过引导和鼓励，没有大地产弊病和人人从事劳动的巴拉圭实现了这一目标。他在执政后半期也开展对外贸易，但以执照制度和国家积极参与为前提，做到外国利益不渗入，外债、外国贷款及规定的利息率也不阻碍巴拉圭经济发展。邻国由于内外战争陷入混乱之际，巴拉圭则在他领导下享受了二十多年未被打扰的和平，社会平等，经济繁荣，而没有出现拉丁美洲其他国家普遍存在的新殖民主义的依附性。参见爱德华多·加莱亚诺《拉丁美洲被切开的血管》，第214—215页。

④ 蒙托内罗是蒙托内拉(montonera)的成员。蒙托内拉是对考迪罗所领导的非正规武装的称呼，通常由高乔人、雇工等组成，马上作战。尤其指阿根廷内战中对抗布宜诺斯艾利斯中央集权的地方考迪罗的武装。

终于，他对我说起那个女人。那段炽烈的爱。他告诉我，有天晚上，她撞见他和另一个女人在一起。十天之后，哈伊洛去请求她的原谅。她什么都没说。他亲吻她，爱抚她。她问他：

“你想和我做爱吗？

“如果你想，你得付我钱。”

他坐下来看着她。问她：

“多少钱？”

“三千克鲁塞罗。”

他慢慢地写完支票。签上名，叹了口气，递给她。

她放好支票，说：

“等等，我下去买包烟。”

于是只剩下他自己。他冲破窗玻璃跳了下去。他躺在人行道上。她的公寓在三楼。

过后，他们有一段时间没见面。等再遇见的时候，他拄着拐杖，他们咒骂着拥抱。

他又要了一瓶酒。

“我累了，不想继续撒谎了。”哈伊洛对我说，“所有人都在问我发生了什么，我说是车祸。我说我开车在路上，然后……最近我甚至能一直讲到细节。”

## 布宜诺斯艾利斯，1975年12月：交流

路易斯·萨比尼，《危机》的生产总监，失踪了。

我们指望他是被抓进去了，但是警察否认。菲科[①]和阿尼巴尔把所有地方都找遍了。过了一个多星期，没有任何新消息。

有时候，晚上下了班，路易斯会留下来跟我说说他的父亲，他父亲当年从帕尔马一个有百来户人家和一座教堂的小村庄来到蒙得维的亚。

路易斯小时候在蒙得维的亚家中酿制红酒。光脚踩葡萄，葡萄原汁一直染到大腿。所有人都被酒的蒸汽熏醉。依据月相决定什么时候把酒从栎木桶中提出装瓶。

---

① 菲科是费德里科·沃戈柳斯（Federico Vogelius，1919—1986）的昵称。商人，《危机》主管，出资者和创办人。1977年被阿根廷军政府逮捕，后流亡伦敦。1985年归国后致力于复兴《危机》。他离世的1986年4月，以印行第四十一期为标志，《危机》开启了第二个历史时期。

每种酒都有名字。烈性桃红叫“吻吻我看”；佐餐酒是“疯黑”；最稠浓的红酒叫“格丽尼奥里诺”[1]，能把勺子粘住。

[1] 以同名酿酒葡萄品种命名的红酒。该葡萄品种原产意大利西北部皮埃蒙特地区（Piemonte）。

# 他坐着一列空车踏入新年

阿列尔[1]从一个刚死去的智利人家里出来。这个人死在远离故土的地方。

再过一会儿，天空将泛起灰色宣告1976年第一天的到来。阿列尔也远离故土，法国的下个破晓对他而言没有任何意义。他的家乡是另一个时间，智利时间；那里的桌前会有几把空椅子，幸存的人举起酒杯，刚开始庆祝该死的一年过去。

阿列尔·多尔夫曼沿着巴黎这个僻静郊区的街道，走得很慢。

① 即弗拉迪米罗·阿列尔·多尔夫曼·泽利科维奇（Vladimiro Ariel Dorfman Zelicovich，1942— ），或译阿利埃尔·多夫曼。犹太裔智利－美国学者、小说家、戏剧家。1967年取得智利国籍。1970至1973年担任萨尔瓦多·阿连德总统的文化顾问。其间与阿尔芒·马特拉（Armand Mattelart，1936— ）合著批判美国文化的《如何阅读唐老鸭》（*Para leer al Pato Donald*，1972）。军事政变后流亡欧洲和美国。2004年取得美国国籍。作品众多，最知名者为戏剧《死神与少女》（*La muerte y la doncella*，1990），被罗曼·波兰斯基（Roman Polański，1933— ）搬上银幕（1994）。

他钻进火车站。他听见自己脚步的回声，在空荡荡的车厢里寻找另一个人类。

他找到了唯一的一个乘客。在那人对面坐下。

阿列尔从口袋里拿出一本小说，《小丑》，开始阅读。

火车启动了，没过一会儿，对面的男人说他宁愿做一个小丑：

“我想做个小丑。”他用英语说，望着窗户的黑色方格。

阿列尔没从书页上抬头。用英语回答道：

“一定是个悲伤的职业。”

“是的，”男人说，“反正我很悲伤。”

于是他们对视。

阿列尔说：“我很悲伤。你很悲伤。”

男人说他们可以做一对很好的小丑。阿列尔问在哪个马戏团。

男人说：“随便哪个。我们国家随便哪个马戏团。”

“你是哪个国家？”

“巴西。”

“见鬼！那我可以跟你说西班牙语了！”

于是他们谈论起各自遗失的故乡，火车缓缓驶向巴黎。

“我很悲伤，”男人说，“因为我希望我们能赢，但是打心底里我不觉得我们会赢。”

最后，他们扬起拳头，互道再见。

# 布宜诺斯艾利斯，1976年1月：音乐入门

**1.**

胡里奥在家。他得离开蒙得维的亚。他已经七次被捕，必须得走。他没有钱，没有意愿；找不到工作。

这天晚上我们吃了他做的沙拉和米兰风味烤肉，喝了酒。

胡里奥躺在床上抽烟。我想听他说说话，想帮帮他，但是他一言不发，拒绝与我分享任何痛苦。我是个愚笨的影子。我触碰事情时无法惊醒它们：它们从我手中坠落。

我选了一张意大利巴洛克风格的唱片。我不知道什么时候买的，不知道和谁一起买的；我不记得自己听过它。

阿尔比诺尼来得恰到好处。

我们一起祝颂这旋律，高声跟着哼唱；房间突然充满

福音。

2.

我想起帕科·埃斯皮诺拉的故事。

我仿佛还能听见帕科的声音，咳嗽着，拖得长长的，没火的烟头叼在嘴上，在篝火会或者酒馆里一轮一轮直到天明。圣何塞郊外有个巫医，黑人老头，不识字，帕科从小就认识他。那个男人坐在翁布树下接诊，戴着老花镜用医生的眼睛检查病人，假装自己在读日报。

全村人都尊敬他爱戴他。他和所有的好巫医一样懂得用药草和神秘治病救人。

有天下午来了一个悲惨的女病人。她面色惨白，瘦骨嶙峋，双目无神，没有食欲，不能说话，几乎也没有力气走路。

黑巫医打了一个手势，病人父母和弟兄走近树下。

他，坐着，沉思；他们，站定不动，等待。

终于，他喊："家人。"

诊断说：

"这个女孩魂魄全散。"

接着开了药方：

"必须用音乐凝聚灵魂。"

## 一个寒冷噬骨的灰色早晨

1973年7月底的一个清晨，我乘坐蒸汽船从布宜诺斯艾利斯渡河来到蒙得维的亚。

我站在船头。目不转睛地直视薄雾中正在慢慢靠近的城市。

我还不知道，我的故土已经遭遇两场不幸重创。帕科·埃斯皮诺拉死了，军人们发起政变，党派、辛迪加和所有其他都解散了。①

---

① 指1973年6月27日的军事政变。帕科·埃斯皮诺拉当晚死于政变。此后军事独裁在乌拉圭持续了十二年。

# 我看不见光也走不了超过三步

军事政变前不久，我在从另一场旅途归来的路上获悉警察已经去我在蒙得维的亚的家中搜捕。

我孤身出现，害怕进门：大门在我背后关上，发出干燥的轰响，像一个陷阱。恐惧在我体内占据了一个小时，然后离开。能发生什么比死亡更坏的事呢？那也不会是死亡第一次造访。

我站在院子里，面朝墙壁。楼上那间是刑讯中心。囚犯在我身后来来往往，在院子里被拖来拖去。有的支离破碎地回来，被扔进房间。半夜响起发报机的讯号。我听着嘈杂人声，辱骂嘶吼，一群猪狗扑上去猎捕人类的兴奋。警察在清晨回来。

我被带上汽车之后过了几天，他们把我转移到另一处，关进一间牢房。

我在墙上刻我的名字。

夜里总是听见尖叫。

我开始感觉到需要与谁交谈。我和一只老鼠交了朋友。我不知道自己会被关几天还是几年，慢慢地，失去了计算时间的概念。最后只关了一些天。我总是有运气的。

被放出来的那天晚上，我在一边一个看守押送下走过长长的过道，听见远处有窃窃私语的声音，金属碰撞的嘈杂。囚犯们在那时候突然开始吹口哨，轻轻地，像风拂过墙壁。口哨声慢慢放大，所有人的声音汇成一个，骤然歌唱。歌声撼动高墙。

我一路走回家。夜晚炽热平静。蒙得维的亚入秋了。我听说一个星期前毕加索去世了。

又过了一小段时间，流亡开始了。

# 布宜诺斯艾利斯，1976年1月：重遇

## 1.

克里斯蒂娜给我讲她的驱魔仪式。她把自己单独关在家中的房间里，日日夜夜，召唤活人、死人、被遗忘的人。她说她安顿所有人。有的被她骂；有的她第一次对他们说爱。

有人打开监室门请她吃橘子。然后，门又关上了。

夜晚降临，她唱起歌：

“你高高瘦瘦……”

楼上监室传来一个声音请求道：“再唱一遍。”

她又唱了一遍。

那个声音说：“谢谢。”

每天晚上那个声音都请她唱这首歌，她从来没见过声

音的脸。

2.

她对我说：

“我有好几个晚上没有梦见机器了。自从我见过你以后。知道吗？有时候我害怕睡着。我知道我会梦见这个，我害怕。我也害怕楼梯上的脚步声。他们来的时候我醒着。我从没告诉过你。我听着他们的脚步，希望墙壁突然打开，我想着：我要从窗口跳下去。但是我让他们带走了我。

“‘你说还是不说？’他们对我说。

“我没什么可说的。

“‘脱光她。’

“他们在我的嘴里用高压电棒直到牙齿松动。这里，这里，这里。但在澡盆里更糟糕。电在水里更糟糕。知道吗？我再也不能下水游泳。我无法忍受在水下失去空气的感觉。

“我的风帽被扒掉。

“‘小伙子们说你很热辣，’他们的头头说，‘我会让他们做他们想做的。’

“进来一个男人，脱光了。扑到我身上开始用力。我望着发生的一切，仿佛是发生在别人身上。旁边的收音机里，我记得，帕利托·奥尔特加正在唱歌。我对他说：

“‘你真可怜。连用强的都不行。’

“他打了我好几拳。

“又进来一个。一个大胖子。他脱掉苏格兰式罩衫和衬衫。

“‘看起来你很不服啊。在我这儿你都活不了。’

“他脱光衣服，扑上来。咬我的脖子和胸。我在很远的地方，感觉到冰冷的气息从毛孔里散发出来。

“然后头头又来了，大为光火。把我踢翻在地。坐在我身上，把左轮手枪的枪筒伸进我两腿之间。

“然后他骂我婊子因为我没有哭。”

# 系　　统

揭发一个独裁政权并不止于被折磨、暗杀、失踪者的名单。机器教会你自私和谎言。团结是罪。机器教你，要想自救，必须让自己变得伪善、惹人厌。今晚亲吻你的人，明天会出卖你。每个高乔[1]式的义行都衍生一次复仇。你讲出自己所想就会被重伤，没人值得冒险。哪个失业在家的工人不暗暗希望工厂开除别人好占上那人的位置？别人难道不是竞争者不是敌人？不久前，在蒙得维的亚，一个小男孩请求自己的母亲把他带回小医院，因为他想不出生。

没流一滴血，甚至没流一滴泪，我们每个人心中最好的东西在每日的杀戮中被行刑。机器的胜利：人们都害怕

① 高乔人(gaucho)亦译加乌乔人。18和19世纪时生活在潘帕斯、大查科(Gran Chaco)、巴塔哥尼亚(Patagonia)等地区的草原骑手，以勇猛善骑著称。主要为欧洲人与印第安人混血后裔，猎捕野生牛马或替牧场主放牧为生。曾参与独立战争。

说话，害怕对视。没人能再遇上任何人。有人盯着你看时，你就会想：“他要害我。”经理对他的雇员也是朋友说：

“我得告发你。他们要名单。我得给个名字出来。原谅我，如果你能原谅。”

每三十个乌拉圭人里就有一个负责监视、追杀、迫害其他人。除了牢房和警察局，再无其他工作；而且无论如何，要想保住工作必须有警察出具的民主信仰证明。要求学生检举同窗，教育孩子告发老师。阿根廷的电视上提问：“你知道你的孩子此刻在做什么吗？”

为什么血腥罪案簿里没列出毒化灵魂的谋杀罪？

# 布宜诺斯艾利斯，1976年1月：文学入门

我和爱德华多以及我的孩子们共度几天。我悲伤地写作。一天晚上我把它们拿给爱德华多看。他做了个鬼脸，把它们扔在一边。

“你没有这个权利。”他说。

我生气了。

“我怎么会没有？”

于是爱德华多告诉我，周五的时候他下楼去街角的熟食店买火腿和萨拉米香肠。熟食店老板娘胖胖的，每天把灌肠切成薄片、打包、算账、收钱；她独自经营着生意，每天晚上关上卷帘门以后，觉得腰腿刺痛。爱德华多排好队，点单付钱。这时候他看见收款台抽屉底下有一本打开的书，熟食店老板娘每天工作的时候会大略看几眼。那是一本我写的书。

“我看过好几遍了，”老板娘说，“我看这本书是因为它对我有好处。知道吗？我是乌拉主人。”

现在爱德华多告诉我：“你没有这个权利。”说着把我这几天写出来的那些可悲的，也许有点懦弱的东西推到一边。

# 布宜诺斯艾利斯，1976年1月：面对这样的美，没人能做任何事

傍晚，我坐在音乐咖啡馆一张小桌前。

刚从加拉加斯来这儿的中国人冯给我展示了几张关于墙的照片，还有他刚完成的几幅重现达芬奇、梵高和马蒂斯笔下面孔及主题的画。他给我看了他最近的绘画作品和丝网彩画，跟我说起一个正在筹备的展览。

中国人说："展览是关于从波提切利的《春》[①]看美洲史。"

我看着他。

"你懂吗？所有的掠夺与杀戮通过这个女人来表达。因为这个赤裸的女人就是美洲。明白吗？"

他说：

---

① 波提切利1476至1480年间为佛罗伦萨一位贵族的宅邸所绘蛋彩画，为其代表作之一。

“当我看见蒙娜丽莎，我看见她变老，我能让她沦为娼妓，我能为她创造另一个记忆。但是波提切利笔下的这个女人，恰恰相反。如果我让她变老，她就不存在了。我把她的双手、眼睛、一只脚分离开来，也不管用：我从任何一边都无法可怜她。”

我想起征服者眼中惊艳的美洲。

“查理五世[①]不过是历史的一个瞬间，说到底他什么都做不了。”中国人说，“泰迪·罗斯福[②]也不能把美洲怎么样。现在那些人也不能。”

“所有人都追逐她，”中国人笑了，“而第一个走进她的人，哥伦布，到死都不知道自己曾经走进她。”

---

① 即神圣罗马帝国皇帝查理五世（1500—1558，1519—1556在位），西班牙国王查理一世（1516—1556在位）。他以继承、战争及开拓美洲殖民地开启了西班牙日不落帝国时代。

② 泰迪是美国总统西奥多·罗斯福的昵称。

## 锁眼里看世界

弗雷迪说：

“我每天都帮他准备写字的橡皮泥条。他写字不用纸笔，而是在橡皮泥条上刻符号。我读不出他写的。他写的不能用眼睛读，要用手指。

“我跟着他学会了如何感觉一片树叶。我不会。他教会我。他说，闭上眼睛。他耐心指引我用手指感受树叶的脉络。因为没有这样的习惯，我花了不少时间学习。现在我喜欢抚摸树叶，让手指滑过朝上的一面，光滑，却能感觉到下面的细毛，和里面血管一般的细线。

“有一天有人带了一只刚出生的小狮子来学校。没人能抚摸它。他们只允许他摸。后来我央他告诉我：

“‘你摸到它了，跟我讲讲小狮子摸上去什么样。’

“他说：‘热热的。软软的。’

“他又求我：

“‘那你能看见它，它长什么样？’

“我说它是金黄色的。

“‘金黄色？金黄色是什么样，弗雷迪？’

“‘像太阳的热度。’我对他说。”

## 基多，1976年2月：第一夜

我第一千次打开台灯。旅店房间里所有的东西都对我虎视眈眈。我把自己裹在被单里，头埋进热烘烘的枕头。我的身体没留任何地方给确定的事情，无论多小的确定。

破晓时分，我睡着了。

悠长的电话铃声惊醒了我。我拍打着电话听筒，它像是要从我手里掉出来。听筒彼端跑出来很多单词，最后总算和我的耳朵相见。

那个声音说："欢迎！基多城欢迎您！昨天我刚刚知道，我对自己说：我一定要给您打电话表达我们的满足和骄傲……"

"先生，"我说道，或者说恳求道，"先生，现在几点了？"

那个声音得意扬扬地说："早上七点整！我代表基多

城……”

听筒挂在床头桌上。

我试着继续睡。听筒被电话线拽着来回摇摆，发出嗡嗡的杂音。没用的。我把脸移近。词语慢慢滑过。

“先生，我在睡觉。”我喃喃地说。

“啊！”那边的声音恍然大悟，“我们各自国家的习俗多么不同啊！但是心底有共同的美洲志业将我们相连！我这就给您寄去一部我的作品，您能从中感受到震颤……”

我把电话扔在地上，盖上一只枕头和一床毛毯。翻身上床继续睡。

第二觉被咚咚的敲门声打断。

我爬起来，光着身子，晕晕乎乎地开门，模模糊糊分辨出门口站着一个穿制服的侍应生，他把一只信封交到我手上就跑了。

我背靠着关上的门滑到地上。头昏脑涨。我揉揉眼睛。信封里有几份油印文件，是厄瓜多尔童子军训练指南。作者把所有这些指南都题献给我。

我钻进浴室。打开喷头。不知道在里面淋了多久。

擦干自己时我想起电话机，把它挖出来复归原位。

紧接着电话就响了。我接起来。同一个声音问我有没有收到信件，是否已经抽空阅读了他的作品。我跟他说我觉得这东西太棒了。

我对他说："我不想用纯粹的文学评论观点冒犯您。这样的作品不应该被当做书或者宣传单。它是用来建设我们伟大祖国的砖石！"

# 基多，1976年2月：一场大学讲话

今天我们来讲讲所谓的文化异化。

此时此刻，这个国家一切都在围绕石油打转。香蕉时代已经结束；有承诺说十年内厄瓜多尔会得到像委内瑞拉一样多的收益。这个无比穷困的国家陷入了对数以百万计财富的迷狂，头晕目眩：学校、医院和工厂到来前，先来了彩色电视机。很快泥地房子里会出现打蜡机，只能用煤油灯照明的小村庄会出现电冰箱。文哲系六千名学生，石油技术专业只两个不到：大学里允许任何幻想，现实中却不能。

这个国家突然走进文明世界，或者说突然走进一个工业化批量生产味觉、颜色、气味及道义、思想的世界，那里“自由”是一所监狱的名字，像在乌拉圭，“尊严殖民地”是一所地下刑讯室的名字，像在智利[①]。良知匮乏的模式比计划生育更见成效。撒谎机器，削弱机器，下药机器：传媒翻倍增长传播西方基督教民主，同时也普及暴力及番茄酱。不需要会读会写就可以通过听收音机或者看电视接收教育人接受更强者统治的信息，把人性与汽车、尊严与香烟、幸福与香肠混为一谈。

今天我们也来讲讲拉丁美洲虚假抗议文化的重要性。如今发达国家出现了一系列对美国和欧洲60年代青少年反叛的偶像崇拜。各种引人幻觉的设计服饰打着“解放你自己！”的旗号大卖，大工业向第三世界倾倒的音乐、海报、发型和服装都是复制嗑药后幻觉的美学范例。我们是一片肥沃的领土。对那些想逃离地狱的年轻人而言，这里为他们提供通往灵薄狱[②]的道路；这里邀请新一代抛下令人疼痛的历史，向涅槃航行。为瘫子准备的旅途：现实毫发未损，却改变了形象，承诺没有痛苦的爱情和没有战争

---

① 自由监狱距蒙得维的亚约五十公里，官方称一号军事拘禁营（Establecimiento Militar de Reclusión N°1），也称自由镇刑罚所（Penal de Libertad），因毗邻自由镇而得名。20世纪七八十年代乌拉圭军事独裁时期政治犯主要关押地之一。尊严殖民地为智利中部利纳雷斯省（Linares）小村庄维拉巴伐利亚（Villa Baviera）旧称，当地在20世纪60年代初至90年代末为尊严慈善和教育社团（Sociedad Benefactora y Educacional Dignidad）盘踞，故得名。该社团由第二次世界大战中犯有罪行的德国流亡纳粹分子创建和领导，为一融合浸礼会教义与反共思想的宗教组织，对成员实施严密控制，以防御设施和武器阻隔外界目光。这一位于圣地亚哥南约三百四十公里的与世隔绝的小村庄，在皮诺切特军事独裁时期被用为刑讯中心，关押秘密警察送来的囚犯，据信某些居民参与了暴行。

② 天主教神学所谓天堂与地狱的边缘地带，罪不至堕地狱而无资格上天堂者（如未受洗就死去之婴儿）灵魂的居地。

的和平。

我们今天在这里讲讲所有这些，还有其他事情。

# 埃斯梅拉达斯，1976年2月：你从不记得你是什么时候出生的吗？

1.

我被请去海岸做一次演讲。我从高原下至海边。在埃斯梅拉达斯，人们用吉他和烧酒迎接我。那是另一个世界：黑皮肤的男人，湿润炽热的土地，边走边跳舞的女人。

第二天晚上，我在海滩迷了路。我去爬一座高山，然后穿过灌木丛沿着干枯的河床前行。等回来的时候夜已经很深，一个人都没有。

我高声呼喊我的朋友，只听见大海的喧嚣。我在沙滩上漫无目的地走着，没带衣服也没带钱。凶猛的蚊虫在我身上饱餐一顿。我用手掌击打身体直至筋疲力尽。我完全不知道自己在哪儿。过一会儿我就发出点声音，希望得到回答，我继续走。

我脱掉泳衣扎进海里。水温温的，在月光下闪闪发亮。出来的时候我觉得冷，在沙滩上连跑带跳，挥舞拳头。蚊虫一刻也不放过我。我很饿，肚子咕咕叫。

我找来木柴点燃篝火。这时候树后面出现一个人。是一个男孩，他错过了去埃斯梅拉达斯的末班车。他疑心重重地看着我，末了被蚊虫逼得走近火堆。我请他抽了根烟。然后他坦白地说自己害怕狼狗、猴蛛、螃蟹和鲨鱼。

**2.**

快睡着的时候，我听见了朋友们的声音。

一间大平房里，我们叫醒一个中国厨师，收买他为我们提供啤酒并做了一大盘虾，配上令人难忘的红酱。

朋友们一下午都在找我。我才知道让我迷路的地方叫自杀岩。

我们在小木屋里睡了一晚。

**3.**

醒来的时候，阳光已经点亮蓝色的群山。我感觉到沙滩从指间滑过。沙滩的每粒沙都是活的，皮肤的每个毛孔都是活的。我生出一首好音乐。

## 基多，1976年2月：美洲历史入门

有两个毗邻的土著村庄。他们依靠山羊和土地能给的一点收成度日。他们在一座山坡上耕种梯田，山的另一边通向靠近基多的一个异常美丽的湖泊。两个村庄叫同样的名字，互相憎恶。

两个村庄之间有一座教堂。神父快饿死了。有天晚上他把一尊木头圣母像埋起来，在上面撒了盐。第二天早上，绵羊刨土，奇迹童贞圣母出现了。

圣母像上覆满祭品。两个村庄都带来食品、衣服和装饰。男人都来祈求邻村的人猝死，到了晚上就带着小刀杀掉他们——“这是奇迹童贞圣母所愿。”

每个承诺都是一场复仇，就这样，这两个叫普卡拉的小村庄灭绝在彼此手中。神父赚了大钱。圣母像脚下有各种物品、收成和牲畜。

紧接着，一家跨国连锁酒店用一把硬币买下了这块无人之地。

湖边立起一个旅游中心。

## 基多，1976年2月：好意

亚历杭德拉·阿杜姆说，玛加丽塔曾在卡尼亚尔[①]待过一段时间。

在那些高处的荒地上，印第安人仍为阿塔瓦尔帕[②]穿着黑色丧衣。整个部落分享一块干涸土地上少得可怜的收成。

没有日报，不过反正也没人识字。也没有电台，不过反正所有的电台都讲征服者的语言。那么，怎么让所有小村庄都知道部落里发生了什么？每个小村庄派出两三个演员跑遍整个地区：他们传播消息，表演问题。在讲述发生了什么的同时，也就讲出了他们是谁：

① 厄瓜多尔中南部省份，境内有该国最重要的印加遗迹因加皮尔卡（Ingapirca）。

② 阿塔瓦尔帕（约1502—1533）为印加帝国末代皇帝（约1527—1533在位）。他被弗朗西斯科·皮萨罗率领的西班牙征服者俘获，后者在勒索了二十四吨金银珠宝后将他绞死。

“他们夺走了我们的太阳和月亮。他们带走了我们其他的神。我们听不懂他们说话；他们却因为这个杀死我们。”

玛加丽塔去卡尼亚尔不是为了教戏剧，而是去学习和帮助。

几个月过去了。玛加丽塔忍受着寒冷和距离。

部落首领叫金迪，他按住玛加丽塔的肩膀说：

“玛加拉，你很悲伤。若是这样你最好离开。苦痛，我们已经够多了。”

# 系　　统

在危地马拉和智利，每一百个活着出生的婴儿里八个会死。在巴西最富裕城市圣保罗的贫民区也是如此。意外还是谋杀？罪犯掌握着监狱的钥匙。这是无须扣动扳机的暴力，对罪案小说毫无参考价值。哪怕能出现在数据里，它们也只是被冻结在那里而已。但是真实的战争并不总是那些大场面，要知道子弹的闪电也让很多人变瞎变聋。

智利的食品比美国更贵，最低工资却只美国的十分之一。四分之一的智利人没有任何收入，单凭乞讨度日。圣地亚哥的出租车司机已经不向游客购买美元了：现在他们为游客提供年轻女孩，她们用做爱换一顿晚餐。

最近二十年，乌拉圭的皮鞋销量缩水五倍。最近七年，蒙得维的亚的牛奶销量减少一半。

有多少人身陷需求的牢狱？一个注定为追求劳作和食

物而活的人是自由的吗？有多少人从他们降生于世发出第一声啼哭的那天起额头上就已标好命运？有多少人被阳光和食盐拒绝？

## 基多，1976年2月：她不能停下，直到他们倒下

这个女人目睹自己最好的朋友死去。

军事政变刚过去几天，他们在智利圣地亚哥郊区的一家工厂等待用来反抗的武器。

酷刑几乎把他大卸八块，但是他坚持说自己不认识她。

他们把他拖到关她的地方，沿途留下一条血路。他继续否认。她听着监狱头子下令处决他。他被扔到墙根下，那个警察拉开距离，犹豫一下。突然抬起枪，瞄准，她看见他的头爆开。

紧接着那个警察一声惨叫，扔下步枪冲了出去，但他没能跑远。监狱头子朝着他腰部一阵扫射，他断成两半。

# 基多，1976年2月：我点火然后召唤

## 1.

晚上，在伊万·埃圭斯[①]家，我说起罗克·达尔顿[②]。

罗克是个一刻不停的活宝。现在他正在我的记忆里狂奔。死亡是怎么抓住他的？

他本来要被处决，但是行刑日前四天，政府倒台了。还有一次要被处决前，地震把监狱围墙震裂，他逃了出来。他全身上下文着自己的小国家萨尔瓦多，而这个国家的每一任独裁者都拿他没办法。死亡多少次差点抓住他，最后

① 伊万·埃圭斯（1944— ）为厄瓜多尔小说家、诗人。代表作有小说《利纳雷斯女郎》（*La Linares*，1976）、《记忆是一只鸟》（*Pájara la memoria*，1985）等。

② 罗克·达尔顿（1935—1975）为萨尔瓦多诗人、政治活动家。二十二岁加入萨尔瓦多共产党，投身反抗独裁运动。在监禁、出逃和流亡构成生活主旋律的年代，创作出《酒馆与其他地方》（1969）、《地下诗篇》（*Poemas clandestinos*，1975）等十余部诗集。他后期糅合真挚情感和政治经验的诗歌，被认为是拉丁美洲最优秀的诗作。

终于报复成功。他浑身都中了弹：枪等在他最意想不到的地方。好几个月都没人知道发生了什么。真的发生了？还是没发生？发生了。电传打字机发布消息的时候并没有颤抖：这个既非生于巴黎也非生于纽约的诗人被谋杀身亡。

他是我们中间最乐天的一个，也是最丑的。有的丑人至少还能说："虽然我丑，但是我对称。"他连这句话都没法说。他的脸是歪的。他狡辩说自己出生的时候不是这样的，后来先是踢足球时因为一次可疑的判罚鼻子上挨了一拳，然后是眼睛被揍了一下，又被一个起疑的丈夫敲了个瓶子，被萨尔瓦多一帮军痞一通棍打——他们不能理解他的马列主义热情，还在布拉格小城区[①]的街角遭到神秘棒击，一伙小青年把他打倒在地，造成上颌骨双重断裂和脑震荡，最后他就成了现在的样子。

几年之后，在一场军事演习中，罗克端了一杆装了刺刀的步枪，跑着跑着掉进一口井。井里有一头刚下了崽的大母猪和一窝小猪。于是这头母猪把罗克最后的一点长相也毁了。

1970年7月，他给我讲了母猪这段，笑到岔气，还给我展示了一本漫画册，里面有他的祖先、著名的银幕神枪

① 布拉格市中心一区，位于伏尔塔瓦河西岸，布拉格城堡（Pražský hrad）以南。该城最古老的部分之一。

手达尔顿兄弟的丰功伟绩。[1]

罗克的诗歌和他的人一样亲切、乐和，充满奋斗精神。他浑身都是勇气，都用不着专门提起。

就这样，我说起罗克，在这个夜晚把他带进伊万家。在座没人认识他。这要紧吗？伊万有一本《酒馆与其他地方》，很久以前我在蒙得维的亚也有一本。我想在那本书里找一首关于出生在美洲之幸运与美丽的诗却没找到，也许是我自己想象出来的，不过他完全有可能写过。

伊万知道布拉格的乌弗莱卡酒馆[2]，他高声读了一首诗。路易斯读了一首爱情纪事长诗。诗集在大家手中传递。我选的那首诗讲的是霍乱突然降临的美妙。

**2.**

每个人都按照自己想要的方式步入死亡。有人悄悄蹑足走进去；有人不断往后缩；有人祈求宽恕或许可。有人大声争论想讨个说法，有人骂骂咧咧拳打脚踢开路。有人拥抱死亡。有人捂上眼睛，有人哭泣。我一直觉得罗克是

---

① 达尔顿兄弟是1890至1892年活动于美国堪萨斯州的四人匪帮，专事抢劫赌场、银行和火车。因其中三人为兄弟，故名。这段西部往事后成为许多电影、漫画的灵感源泉。

② 布拉格新城区（Nové Město）的一家啤酒馆，其历史可追溯到1499年。罗克·达尔顿流亡期间曾在布拉格任通讯员，他这一时期的所见所闻反映在《酒馆与其他地方》中；他以这部诗集赢得了美洲之家文学奖。

大笑着去死的。我自问这是否可能。被曾经是自己同伴的人杀死，还有比这更剧烈的痛苦吗？

这时门铃响了。是温贝托·比努埃萨①，他从阿古斯丁·奎瓦②家来。伊万刚打开门，还没人解释或者问任何问题，温贝托就说：

“是一场异见分裂。”

“什么？怎么会？”

“那些杀了罗克·达尔顿的人。阿古斯丁告诉我的。墨西哥的报纸说……”

温贝托在我们中间坐下。

所有人都沉默，听着雨水敲打窗户。

---

① 温贝托·比努埃萨（1942— ）为厄瓜多尔诗人。
② 阿古斯丁·奎瓦（1937—1992）为厄瓜多尔文学批评家、社会学家。著有《拉丁美洲资本主义发展史》（*El desarrollo del capitalismo en América Latina*, 1977）等。

# 河的第三岸

一个吉卜赛女人曾提醒吉马良斯·罗萨①："你会在实现自己最大的野心以后死去。"

怪事：这男人身上有那么多神明魔鬼，他最大的野心却是成为巴西文学院院士。

每次入选，他都制造各种借口不去。这些年里他用过健康、时间、旅行等理由。

直到有一天，他觉得时候到了。

那是一场庄重的典礼，吉马良斯·罗萨在演讲中说："人不会死。人只是被咒语控制。"

---

① 吉马良斯·罗萨（1908—1967）或译吉马朗埃斯·罗萨，为20世纪巴西最重要的小说家之一。写作中引入巴西东北腹地（sertão nordestino）口语、方言，并运用自造语汇，创造出一种独特的叙事风格。代表作有《萨加拉纳》（*Sagarana*，1946）、《舞蹈团》（*Corpo de Baile*，1956）、《故事集》（*Primeiras Estórias*，1962）等。以《广阔的腹地：条条小路》（*Grande Sertão: Veredas*，1956）最为知名，有巴西《尤利西斯》之谓。"河的第三岸"取自其《故事集》第二篇标题。

三天之后，一个周日的正午，他的妻子发现他死在弥撒归来的路上。

## 他不知道我欠他几个故事，我来还上这些故事

我并不认识堂阿莱霍·卡彭铁尔[①]。总有一天我一定去见他。我要告诉他：

“堂阿莱霍，我想您一定没听说过明戈·费雷拉。他是我的同胞，绘画优雅而有剧情。很多年里，他都为我在各家日报、杂志和书上的文字配图。他就在我身边工作，但我对他的事情知道得不多。他是个几乎没话的人。从他那里得到的都是画，没有词语。他来自塔夸伦博[②]，鞋匠的儿子，家里世代贫穷。”

我要告诉他：

---

① 阿莱霍·卡彭铁尔（1904—1980）为古巴作家、音乐和建筑研究者、记者。魔幻现实主义先驱。《人间王国》（*El reino de este mundo*, 1949）、《消逝的足迹》（*Los pasos perdidos*, 1953）、《时间之战》（*Guerra del tiempo*, 1956）、《光明世纪》（1962）等杰作以华丽的巴洛克风格闻名。

② 乌拉圭中北部同名省首府。

“在蒙得维的亚，他几次入狱，遭到棍击棒打。有一次他被关了将近一年，等出来的时候，他告诉我，他被关的地方允许高声朗读。那是个肮脏的棚屋，塞满囚犯，周围一圈都是步枪，没人能动弹。每天都有一个囚犯站起来为大家读书。

“我想告诉您，堂阿莱霍，囚犯们想读《光明世纪》却不可得。看守们放了一本书进去，但是囚犯们没办法读下去。阿莱霍，囚犯们一遍一遍开始朗读，又不得不一遍一遍放下书。您带他们去了海边，感受海浪的喧嚣打碎在大船的龙骨上。您为他们展示了破晓时分天空的脉搏。所有这些，让他们没法继续读别的书。”

我要告诉他：

“也许您还记得米尔顿·罗伯茨。就是为《危机》采访过您的那个小伙子，身材魁梧，目光清澈。大概1973年年中，他去巴黎，我委托他对您做一次采访。想起来了吗？米尔顿去巴黎是为了看医生，有几个法国医生对他的病最了解。但是病已经无治，于是他回到布宜诺斯艾利斯。这时候，他已经卧床不起。那是一场漫长的痛苦。他整个人都肿起来，失去了最后一点力气，声音也渐渐消亡。在疾病扩散到喉咙之前，米尔顿曾几次跟我说起他对您做的采访。他给我整个讲了一遍。他记得所有细节，您的每个词他都记得。他说起您就像在说自己一辈子的朋友。他给我讲了您说的对音乐和文学的爱，讲了您和海盗以及独裁者的故事，一个个故事，那些两三个世纪以前的风俗与恶习，每个细节。他说起这些的时候，眼神都被点亮了；我记忆中的他依旧是那样一张脸。

“他死了以后，他的同伴克劳迪内在他的文件里翻找那场采访的笔记，他反复地找，什么都没找到。他从来没做过笔记。”

我要告诉堂阿莱霍·卡彭铁尔：

“我想给您讲这些故事，阿莱霍，然后把它们留给您，因为它们是属于您的。”

# 关于痛苦的仪式

## 1.

老头是个尖刻的家伙。他狡辩说大家都爱他。他帮了我很多。我在二十岁那年认识他。时光流逝。我经常去看看他，带我写的东西给他。他嘟嘟囔囔地提出无情的观点；我尽可能逗他开心。

几年前，有次我去市政厅找他。老头在那儿有份工作，神出鬼没：他负责几间不存在的图书馆。同事是一群公务员老妇，一个比一个丑，整天谈论钱和孩子。我走近柜台等着。那后面全是后宫女眷。她们享受马黛茶配硬饼干。终于一个女人走过来。我说我找老头。

“不……”女人说，摘下眼镜来，用手帕擦擦镜片。

“不……”她说，“他没来。他很久没来了。”

“出什么事了？”我问，“他病了吗？”

她挑挑眉毛，一脸同情。对着光看看眼镜。

“小可怜……”她说，“小可怜。”

接着补充了一句说：

“知道吗？他不是这个世界的人。”

**2.**

我找到他的时候他瘫在床上。他这样子已经有很长一段时间了。那一次，在蒙得维的亚，我记得他床头还摆着玻璃蒸馏器，这个由导管、蛇形管和曲颈瓶组成的复杂机械是他从维也纳带回来的，功能是让老头省下了给自己倒红酒的力气。他只要稍微动动手：杯子给阀门施压，接满红酒。有人说他这叫挤酒。

那个时期，老头从不起床也从不吃饭。他安排好自己一点点死去。

“我现在写东西一阵一阵的。那种整夜写到天明的干劲儿再没有啦。”

他喝的是劣质红酒，喝完以后尿都是紫色的，还大把吞药让自己总在昏睡。不过有时候他醒着，他管这叫失眠。他会借着床头灯看犯罪小说，这些小说在床周围堆出一座垃圾山。床头立着福克纳像，主持这场关于痛苦的仪式。

那天我擅自拉开窗帘打开窗户，突然的光线差点杀了他。我们胡闹了好一阵子，我提出要给他抓点蝙蝠来，给他讲了很多他喜欢的笑话和政治八卦，夹杂着对冷热或光线的抱怨，最后终于让他笑起来。我们一如既往地争论，以他那种慢腾腾的争论风格：为什么我不认为人类曾经也永远是垃圾，或者，为什么他邀请我陪他去绝望之井底部一游的时候我不抓住机会。我不能冒这个险：如果我让自己掉下去，我就会留在井底。我没法爱抚死亡却不进入。

我知道这不是玩笑。当时、现在我都知道，因为我了解他，我能读出老头瘦骨嶙峋的身体里住满魔鬼，他们追捕他，把他打成结，扎进匕首，看看他能不能把自己灌满红酒和烟让魔鬼也晕眩，他的眼睛死死盯住天花板上潮湿的斑点。睡觉，也许还做梦，是一种休战。写作，在他能做到的时候，是另一种休战，或许也是唯一被允许的胜利。所以，他写作的时候挺直身子，把自己的污垢和废墟变成金子，而他是国王。

3.

有时候他忘了自己是一头豪猪。他会对我说：

“我小时候在黑海盗的队里。当时还有一个山多坎的队以及一些其他的。但是我至死都在黑海盗的队里。”

“奥诺拉塔的男朋友。我认识的。”

“他爱上了一个金发女人，我认识那个女人，那是一场不可能的爱情。”

“你弄错了。那是蒙普拉森的老虎。”

“是黑海盗。海盗疯狂爱着那个金发女人。我当然知道，因为我在队里。”

“她们很危险。”

“什么？”

“金发女人。”

“那个金发女人是奥诺拉塔，跟山多坎的那个完全没关系。你弄混了。山多坎在马来西亚活动，海盗主要在加勒比。”

“奥诺拉塔很爱黑海盗。”

“是的，她爱他。但别忘了马拉开波[①]的长官，你以为事情就是相爱那么简单？可怜的黑海盗。他爱上的恰恰是他致命敌人的侄女。”

“最后就是死。”

“他死还早着呢，那个浑蛋。”

“是说奥诺拉塔。不是那个长官。那个长官身体一团糟，

① 委内瑞拉西北部苏利亚州（Zulia）首府，位于连通委内瑞拉湾与马拉开波湖水道西岸，是该国大海港。17世纪时，航经马拉开波的船只是海盗的重要目标。

但就是不死。记得吗？他得了痛风，腿跷在垫脚凳上，脑子还冒着坏念头。他没死。奥诺拉塔死了。”

“你是想说，她被杀了。”

“她叔叔手下的兵杀的。”

“对，她出逃的时候。”

“用火枪打的。”

“她从阳台上跳下去，黑海盗在底下接着她。马等在桥上。”

“子弹是冲着他去的，但是她用身体挡住了。等在那里的士兵出现的时候，她张开了手臂……”

“子弹穿过胸膛，从这里进去的，就这儿。”

“还要再低一点。是从肩胛骨穿过去的。”①

“告诉我，你去过马拉开波吗？”

“去过。”

“说说看。”

“有很多高楼，装了空调，湖里都是石油塔。”

“白痴。你什么都没看见。你不知道马拉开波街上有太多鬼魂横行，人都没法走路吗？”

① 以上讨论的，是意大利作家埃米利奥·萨尔加里（Emilio Salgari，1862—1911）系列冒险小说马来亚海盗（主人公山多坎）和黑海盗的情节。

**4.**

1973年年中，老头被提名当一个小说大赛的评委，过河而来。有天晚上他请我吃饭。他和一个女人一起。我们三个人在布宜诺斯艾利斯市中心走了几个街区，就是当地人称做“市里”的那块地方。他走起路来很费劲；走得很慢，很容易累。他很费劲但还是愿意走，尽管他说他已经不认识路了，很久以前，他曾在这座城市住过几年。

我们去了拉瓦列街的一家啤酒屋。老头吃了几口东西就放下了餐具。他沉默着。我吃。她讲。

这时候，老头问她：

“你不想去厕所吗？”

她说不想。

我吃完了香肠配俄式沙拉。我喊来侍应生，又点了熏猪排配圆土豆，还有三桶半升啤酒。

老头又问：

“但是，你确定你不想上厕所吗？”

“是的是的，我确定，”女人说，“不用担心。”

没过一会儿，他又来一次。

“你的脸在泛光，”他对她说，“你最好去厕所再扑点粉。”

她从钱包里掏出小镜子来。

“没泛光啊。”她惊讶地说。

“但我觉得你肯定特别想去厕所。”老头坚持说，“我觉得你想去厕所。”

这时候她终于爆发了：

“如果你想单独和你的朋友待在一起，跟我直说就行了。如果我惹你烦了，你可以直说，我走。”

她站起身，我也站了起来。我按住她的肩膀请她坐下吃完。我对她说：

“我们来点个甜点。你不要……”

“如果他想让我走，我就走。”

她啜泣起来。

“你不能不吃甜点就走。他不想让你走。他想让你留下。”

老头无动于衷，盯着窗户上的金色窗帘看个没完。

那是我一生中吃过最艰难的甜点。他一口都没动。她只吃了一小勺冰激凌。而我吃了一肚子水果沙拉。

最后，她站起来，带着颤抖的哭腔告别离开。老头一块肌肉都没动。

他又沉默了很久。接过咖啡的时候微微点点头。

我试着说点什么，随便什么，他只是继续无声地表示赞同。他眉头紧皱，目光里是我熟悉的无尽悲伤。

“总是要弄砸。”最后他开口了，“你知道我为什么想让她去一下厕所吗？我是想单独跟你说我觉得很幸福。我想跟你说我从来没有像这几天和她这样感觉这么好。我想说我觉得自己像一匹年轻的马……”

他摇了摇头。

“总是要弄砸。”

# 懂得沉默的人

胡安·鲁尔福能在几页篇幅里说完他要说的话，纯粹的骨头和毫无油脂的血肉，然后他就保持沉默。

1974年在布宜诺斯艾利斯，鲁尔福告诉我，因为在公共行政部门工作太多，他没时间如愿地写作。为了有时间必须弄一张病假许可，为了许可必须去找医生。鲁尔福说，一个人总不能去医生那里说“我感觉非常悲伤”，医生不会为这样的事情开病假许可。

## 基多，1976年3月：最后一夜

电话响了。该离开了。我们没睡几分钟，却很清醒。

我们做了爱，吃了东西，喝了酒，拿被单当桌布，我们的腿当桌子，然后我们又做了一次。

她给我讲智利的苦痛。她告诉我，在看过同伴那么鲜活的样子以后，再面对他们的死亡太艰难。她差点逃不出来，而现在，她自问要拿这自由和幸存怎么办。

我们到机场的时候已经迟了。飞机也晚点。我们吃了三次早饭。

我们刚刚认识半天。

我走向飞机，没有回头。跑道被蓝色的火山岩环绕。我被自己身体的电力与渴望震惊。

# 锁眼里看世界

莫妮卡小时候不愿意晚上出门，因为不想踩到可怜的蜗牛。而且，她害怕卡车在公路上留下的血迹，害怕自己在杂草丛生的荒野迷路。

莫妮卡爱上了面包店老板的儿子，他父亲是个在逃犯，所有的母亲都讨厌他。进教室前，她在大家都唱国歌的时候偷偷斜眼瞄他。这时候队列散开，她砰的一声撞上阿蒂加斯①的半身铜像。

少女时代，莫妮卡想当卡巴莱②舞女。她想屁股上戴着

---

① 即何塞·赫瓦西奥·阿蒂加斯（José Gervasio Artigas，1764—1850），乌拉圭军人，革命领袖和民族英雄。1811年至1820年，他领导了包括今天乌拉圭在内的东岸地区（Banda Oriental）反对西班牙殖民统治和巴西葡萄牙人入侵的战争，以及对抗布宜诺斯艾利斯中央集权、争取自治的斗争，被尊为乌拉圭独立之父。

② 自19世纪80年代起风行于欧洲都会餐馆或酒馆的助兴节目，主要为歌舞，也包括朗诵、戏剧等。亦指以此类表演为特色的餐饮场所。源于法国，知名的黑猫（Le Chat Noir）、女神游乐厅（Les Folies Bergère）、红磨坊（Le Moulin Rouge）等即属此列。

彩色羽毛走路，感觉自己像鸟一样飞翔和犯罪。

她一直没有当成。

多年以后，莫妮卡是少数几个经历恐怖考验而没有干枯或崩裂的人。我喜欢听她说话。莫妮卡·拉科斯特和她的同伴是我在布宜诺斯艾利斯的邻居；他们的房子里总是挤满乌拉圭人。

一天中午我陪她去市场。这个曾是火车站的地方现在已变成香气、颜色和吆喝声的聚会：给我几个番茄，三个，最好熟点的。洋葱多少钱？看看这莴苣多好。放在这儿，给我拿个更大的。啊，蒜和欧芹。没有辣椒吗？怎么能没有呢，要什么辣椒？我推荐青椒。烤玉米，烤玉米，让一让，不干活的就别挡道。

莫妮卡在头发里别上几根胡萝卜，冲所有人微笑。

我们回来的时候拎了一堆袋子和包裹。

莫妮卡的儿子潘乔落在了我们后面，他不断被街上的奇观吸引，如某个阳台的栏杆，某块玻璃，一扇铁门，一只吃东西的鸽子。他看着世界，目瞪口呆，我们不得不回头去找他。

“走吧，潘乔。”我对他说。他求我给他买鬼怪玩偶。

然后，他跑去跟卖报人打招呼，递给那人一粒花生。卖报人拒绝了。

“您为什么不拿呢？”我质问道。

卖报人低下头供认：

“我过敏。”

## 布宜诺斯艾利斯，1976年3月：暗影与阳光

一个女人和一个男人，在布宜诺斯艾利斯庆祝他们结婚三十周年。他们请到当年的一些夫妇，这些人他们很久没见了，大家在那块已经泛黄的婚礼刺绣桌布上吃饭，大笑，敬酒，畅饮。他们喝空了无数瓶酒，讲着黄色笑话，吃得太多笑得太多都噎住了需要互相拍打后背。午夜过后，突然在某一刻，沉默降临了。沉默走进来，扎根，得胜。没有哪句话能说到一半，任何大笑也都显得不合时宜。就这样，不知怎的，游戏开始了。宾客们开始玩谁死得最久的游戏。大家互相问你死多久了：二十年，不，不，你肯定缩减年龄了。你死了二十五年了。诸如此类。

杂志社里有人给我讲了前一天夜里发生在他家的这个关于衰老与复仇的故事。我刚听完，电话就响了。是一个我不太了解的乌拉圭女人。她时不时会过来，告诉我一些

政治信息，或者来看看有没有什么可以为其他没有住处也没有工作的流亡者做的。这次她打电话来是告诉我她恋爱了。她告诉我她终于找到了她一直在找却不知道在找什么的东西，她必须告诉谁，很抱歉打扰了我，她发现自己可以与另一个人分享内心深处的东西，她想跟我说是因为这是个好消息，不是吗？她没有人说，就想着……

她告诉我平生第一次他们一起去了赛马场，马匹和丝衬衫的光芒让两人震撼。他们没什么钱，因为是第一次，赌注也下得非常保险。他们买的是看上去最善良或者名字最搞笑的马。他们输光了所有钱，走路回家，却体会到绝对的快乐。因为马匹的魅力、赛道的激情，因为他们也年轻、美丽、无所不能。此刻，她对我说，我特别想冲到街上，吹起小号，拥抱路人，喊出我爱他，出生即是幸运。

# 这位老妇是一个国家

## 1.

奶奶最后一次来布宜诺斯艾利斯时已经没有牙了，像新生儿一样。我假装没注意到。格拉谢拉已经从蒙得维的亚打电话提醒我：“她非常担心。她问我，爱德华多会不会觉得我丑？”

奶奶像一只小鸟。岁月流逝，她慢慢变小。

我们互相搂着从港口走出来。

我提出叫辆出租车。

“不，不，”我说，“不是因为我觉得你会累。我知道你能走。是旅店太远了，明白吗？”

但是她想走路。

“听着，奶奶，”我对她说，“这块地方不值得逛，风景也不好。这是布宜诺斯艾利斯很丑的一块地方。等下你休息好了，我们去公园散步。”

她停下来，上下打量着我，臭骂了我一顿，愤怒地问我：

“你以为我和你一起走路是要看风景？”

她挽住我。

“在你的翅膀底下，”她说，“我觉得我变大了。”

她问我：“你还记得上次做完手术，在疗养院，你把我举起来的事吗？”

她对我讲起乌拉圭，讲那里的沉默与恐惧。

“全都那么脏。全都那么脏。”

她对我讲起死亡：

“我会转生成一株刺蓟。或者，我会在你的孙辈或曾孙辈身上显现。”

“但是，奶奶，”我对她说，“你会活上两百年的。别跟我说死亡，你还早着呢。”

“别这么坏。”她说。

她告诉我她已经厌倦自己的身体了：

“我总跟我的身体说：我受不了你了。身体回答说：彼此彼此。”

“你看。”她说着，拉拽胳膊上的皮。

她对我说起旅行：

“记得吗？有一次你在委内瑞拉烧得快死了，我在蒙得维的亚，毫无来由地哭了一晚上。我整天跟埃玛说：爱德华多心神不宁。然后我就来了。现在我依然觉得你心神不宁。”

## 2.

奶奶待了几天就回蒙得维的亚去了。过了一阵子，我给她写了一封信，让她别为自己操心，别让自己无聊，别歇着。我告诉她我很清楚自己从哪里来，什么样的泥土造就了我。

后来我听说她出了点意外。

我给她打电话。

“是我自己的错。”她告诉我，“我逃了出来，往大学走，就是很久以前我去看你的时候走的那条路。你还记得吗？我现在知道已经做不到了。一走就摔。我走到楼梯下，高声说：时间的香气！——这是你有一次送给我的香水的名字。然后我就摔下去了。人们把我扶起来送到这儿来。他们觉得我摔断骨头了。不过今天，他们一走开，我就下床逃走。我跑到街上，说：我活得很好，活得很疯，就像他希望的那样。”

# 布宜诺斯艾利斯，1976年4月：同伴沿着护栏前行

## 1.

不久以前，一个声音专横的男人给比森特[①]打电话，说有急事要见他。一开始，他没听出是谁。接着他想起来了。几年前，比森特曾作为律师给这个人处理过一起空头支票纠纷，没收任何费用。

比森特告诉男人自己忙疯了，一分钟空闲时间也没有……

他们在一间咖啡馆见面。男人坚持他们应该喝进口威士忌。比森特说他不想喝，说在早晨这个时间……

① 比森特·齐托·莱马（1939— ）为阿根廷诗人、编剧家。曾任《观点报》记者。《零》（*Cero*）、《塔利斯曼》（*Talismán*）等刊物创办人之一。70年代与《危机》保持紧密联系。1977年流亡欧洲，1983年归国。

他们喝着进口威士忌。

这时候比森特才知道这个男人是警察长官。

“我现在在一个负责特殊任务的特遣队，”男人说，“我接到指令要杀你。”

他让比森特最好消失一周。下一周他们又会接到新的名单，有新的人要杀。名单每周都在变。

“我不能保证你的生命，我什么也保证不了。我只是告诉你去躲一周。我们要做的事很多。你并不重要。”

比森特感谢他，说自己不知道要怎么才能……

“现在我们扯平了。”男人说，“现在我什么都不欠你了。两年前你无私地帮助过我。如今，你得到你应得的了。如果再有指令要杀你，我会找到你，杀了你。”

他喊来侍应生，没等找钱就站起身。

“我不会和你握手。”他说，“我也不希望你伸手。”

2.

五年前，比森特·齐托·莱马在维拉卢加诺[1]的球场发表演讲。那是为抗议警局拘捕绝食罢工的最后一天。比森特爬上看台，越过人群看见克劳迪娅和他的孩子们在草地

① 布宜诺斯艾利斯西南城郊一区。

上和奶牛、小狗玩耍。那一刻，他忘了所有的政治口号，谈论起爱和美。底下的人开始朝他扔上衣，但是完全没办法让他停下来。

**3.**

去年，每周三早上我们都去巴勒莫[①]踢球。在后场，比森特是禁区之王。在前场，他不顾一切发动猛攻。我喜欢给他送角球，看他头球破门。“干得好，爱德华多！”他总这么冲我喊，直到天生笨拙的我踢飞很多必进球。

有时候我们一起从更衣室出来。他会给我讲他爷爷的故事。他爷爷是个鞋匠，无政府主义者，用刀和玩牌都很有一套，七十岁还在街上追求女孩子。

**4.**

现在我们不去踢球了。

球队解散了。

比森特、菲科和我一起负责杂志。我们经常吃比萨，因为我们喜欢，也因为我们不想去想每个晚上都可能是最

---

① 布宜诺斯艾利斯东北城郊一区。

后一夜。比森特认识布宜诺斯艾利斯每个区最好的比萨饼店。

“到那儿去，坐在尽头炉子旁，不是前面那个，点半个比萨，底下烤得焦黄，上面有罗克福尔干酪、番茄和洋葱。然后再跟我说说你的想法。”

这种对比萨饼店的了解来自学生时代，那时候他在布宜诺斯艾利斯各家比萨饼店兜售一个朋友做的莫萨里拉干酪。那些不买的都是好比萨饼店。

有天晚上，我们一起去吃比萨。比森特非常悲伤。早上日报刊登了一位军人的死讯，他为那位军人辩护过。尸体在一个水库里被发现，旁边还有他年幼的儿子。那军人叫塞瓦斯蒂安。他的妻子迪亚娜四个月前就被杀了。

“你知道我一生中最快乐的一天是哪天吗？”比森特对我说，“就是我终于让他们在法庭上团聚。他们夫妻二人被捕两年不能相见。虽然监狱总在换，他们总是轮到不同的监狱。他被调到北边监狱的时候，她就去了南边。等她关在外省，他又被塞进了德沃托的牢房。那天我终于用当庭对质的借口让他们重聚。我从没见过那样的拥吻。”

# 系　　统

机器迫害年轻人：把他们关起来，拷打，杀害。年轻人是机器之无能的活证据。它要赶走他们：把他们——人肉，廉价劳动力——卖到国外。

贫瘠的机器憎恶生长着、运动着的一切。它只能翻倍监狱和墓地的数量。它只会生产囚犯和尸体，间谍和警察，乞丐和流放的人。

年轻本身就是罪。现实每天都在破晓时分犯下这个罪；历史也在每个早上重生。

所以现实和历史都被禁止。

# 记紫色土地①上空的一次飞行

1.

浮云组成一头史前巨龟。

空姐为我们端来咖啡。一盏小灯亮起，我们听到一声提示铃；一个声音让我们系好安全带。我们遇见一小股气流。咖啡在小桌上晃动。我们什么也没去系。一如既往，我喝不加糖的咖啡；味道不错。埃里克坐在靠窗的位置上。

一大群游客坐这架飞机前往布宜诺斯艾利斯。他们全

---

① 乌拉圭或东岸地区的别称。紫色是当地春季的色调，由一种盛放的紫色小花造成。这一称谓起源未能稽考，其深入人心则与威廉·亨利·赫德森（William Henry Hudson，1841—1922）的杰出传奇《紫色土地》（*The Purple Land*，1885年首次出版）密不可分。小说通过19世纪下半叶一个英国青年在乌拉圭潘帕斯草原的冒险，对该国最初几十年的动荡历史、社会各阶层面貌作了深入刻画，对潘帕斯风光，特别是紫色调的草原黄昏作了极富感染力的描写。结尾借叙述者之口将紫色土地阐释为"一个染有她孩子如此多鲜血的国家"。该书在乌拉圭文学中享有很高的地位，豪尔赫·博尔赫斯则称其为"最好的高乔文学"。

副武装，带着照相机、闪光灯和手持录像机。行李架上放满了空手提箱，等他们回里约或圣保罗时，里面就会塞满皮夹克和其他狩猎战利品。我太清楚了。游客。

“我现在知道了，”我说，“为什么飞机上要准备呕吐袋。”

埃里克从这架波音飞机的舷窗望出去。他瞄了一眼手表对我说：

“底下是你的土地。”

我们冲破一大片云。飞机会直接飞往布宜诺斯艾利斯，并不经停蒙得维的亚。

下方是无人的荒原：被夷为平地的土地，被强暴的土地，不被主人热爱的土地。曾几何时，牧羊人骑兵在那里扬起长矛。一百五十年前，一个穿着破旧披风的考迪罗在那里发起拉丁美洲第一场农业改革。[①] 如今，学校里都禁止教授这些。

“我们正飞过你的国家上空。”埃里克说。

我说：

“是啊。”

埃里克不说话了。

---

① 这里的考迪罗指何塞·赫瓦西奥·阿蒂加斯。1815年他控制了东岸全境，于9月10日签署《关于东岸省乡村地区发展及保障牧场主安全的暂行条例》（*Reglamento Provisorio de la Provincia Oriental para el Fomento de la Campaña y Seguridad de sus Hacendados*），在该地区推行土地改革。《条例》规定，没收已离境革命敌人的土地，分配给黑人、桑博人（zambos，印黑混血）、印第安人和贫穷的克里奥尔人。参见爱德华多·加莱亚诺：《拉丁美洲被切开的血管》，第117—122页。

我想：这是我的土地，它还记得我吗？

2.

我经常在夜里飞行。布宜诺斯艾利斯。我在家中努力入睡。我闭上眼睛，蒙得维的亚的灯光亮了：我沿着海滨大道或市中心的街道前行，我在被追捕的路上，半躲半藏，寻找我的人民。我惊醒时一身汗，回去却不被认的痛苦让我难以呼吸。于是我起身去浴室。我打湿头发，就着龙头喝几口水，然后在床上一直坐到天明，下巴搁在膝盖中间。我一直抽烟，一直思考。为什么不今天就回到那个我属于的地方去呢？我的国家已经破碎，而我，被禁止了。我知道自己比我那些被关押、被谋杀或被折磨致死的朋友幸运得多，而且被禁某种程度上是一种致敬：证明写作不是无用的热情。但是我想到：我配得上在这儿吗？我对谁有价值吗？在我的城市空荡荡的街道上还有我们的回声、我们的足印吗？除了保持沉默、无缘无故或仅为莫须有的理由就被丢到狱中并腐烂在里面，我在这儿还能做什么呢？

阳光滑过布宜诺斯艾利斯的房间，我起身，睡得很差，浑身吱吱嘎嘎，闹钟还没响。我冲了澡，穿上衣服。电梯门缓缓阖上时我还在想：我是一块裂开的石头吗？一块碎成片的石头，一块石头的碎片在这里滚动？一个注定永远过路的游子。(柜台上一满杯啤酒。这杯子在等谁?在等谁的嘴?每次啤酒蒸发干,都有个老妇人重新把它加满。)

会有一天我能把心中令我血液中毒的疑惑都拔走吗?我想用所有这些失眠犯傻的夜晚,交换囚徒独自在牢房里寻找的旋律,交换厨房油污里一个女人把头埋进手心等待的喜悦微风。我想穿越那条河,经过海关,按时到达。(一个男孩被警察拖着滚下楼梯。破碎的衣服鲜血斑斑。一群老人无动于衷地看着。少年扬起沾满泥土的脸。眼里闪着仇恨的光。)

一天早上,去杂志社的路上,我突然想起多年前看过的一部波兰电影。电影讲的是战时一群人从华沙的下水道逃亡。所有人一起进入地下。只有一个得以幸存。有的迷失在肮脏的迷宫里;有的因饥饿倒下或因沼气窒息。我还记得幸存者的那张脸,下水道出口终于打开,他离开黑暗和粪便:眨眨眼,被白天的光线刺中,面对世界一脸惊诧。然后他重新放下头上的井盖,重新陷进下水道里,与他所有死去的同伴在一起。这样的献祭给我重重一击,观众的反应更让我愤慨,他们不能理解这样的壮举,冲着银幕大喊:傻瓜,傻瓜,你在做什么啊,呆瓜,你干什么呢,笨蛋。

很久以前的那个夜晚,我在蒙得维的亚一家电影院看了这部电影。这个早上,我走在布宜诺斯艾利斯的街上,发现当时的观众是有理的。那些看电影的家伙比我懂得多,尽管他们完全不知道谁是安杰伊·瓦伊达[1]，对他们来说，这也一点都不重要。

3.

飞机上，埃里克在我旁边睡着了。头嗡嗡作响。

我想，再回来时，我要走遍那些我长大或让我成长的地方；总有一天，我要独自一人重走一遍那些已不在人世的人曾陪我走过的地方。

一个低沉的声音在我心里哼唱米尔顿·纳西门托[2]的歌：

> 我发现我的力量
> 是我记忆留存的东西……

第一口母乳的滋味。有什么美食能比得上奶奶在家旁边面包店买给我的巧克力糖？还有每周四给我做的小扁

① 安杰伊·瓦伊达（1926— ）为著名波兰导演。前面提到的影片即其战争三部曲第二部《下水道》（*Kanał*，1957）。

② 米尔顿·纳西门托（1942— ）是20世纪六七十年代起至今巴西乐坛最重要的歌手和词曲作者之一，最具国际知名度的巨星。下面提到的歌曲题为《怀念巴西泛空》（*Saudade dos Aviões da Panair*，1974），由米尔顿·纳西门托与诗人费尔南多·布兰特（Fernando Brant，1946—2015）创作，取材于1965年军政府强行关闭巴西泛空航空公司的事件，表现民众对此的伤感和愤慨。巴西泛空成立于1929年，其时为拉丁美洲规模最大的航空公司。此事一出，举国震动，而军政府不但不作解释，更禁止民众表达看法。人们普遍认为这是一起政治迫害。

豆，一直做到我离开蒙得维的亚？我在全世界的餐桌上追踪那个味道。

我发现一切都变了
一切都很小……

我要去家里的院子，我在那里抓着小狗莉莉的尾巴学会走路。它是街头杂种狗，活得很惨，没人愿意养它。它有一条长尾巴，目光甜蜜惺忪，肚子里总是怀着小狗。它睡在我摇篮底下，朝每个试图靠近的人亮出犬牙。每天晚上街区里的公狗都在门外嗥叫，为争夺它互相撕咬至死。莉莉耐心又踉跄地教会我走路。

我要回到通往海边的那几条街道，那里曾经是一块空地，小时候，是我的战场和足球场。我们用棍子和石头打架，用海枣树的树干当盾牌，在树皮上画巨大的眼睛和嗓子眼儿。买小方饺也是一场探险，必须穿过敌人的领地。正是在这块海滨地皮上，我弄歪了牙齿，我的弟弟差点丢了一只眼睛。妈妈为我们治好伤口，不允许我们抱怨：她教会我们咬紧牙关绝不退缩。我弟弟吉列尔莫话很少，却为保护鸟和狗的权利对别人大打出手。他从来没能在城市里找到自己。我从没在城市里见过他开心。他会很拘谨，很拘谨；只有在派桑杜的原野上，他才是他自己。

最美妙的是……

我要在马背上走遍黑溪岸边的草地，我在那里学会骑马飞奔。从很小的时候我就和弟弟赛马。夏日的午后，我们会从午睡里逃脱，几乎光着身子，纵身一越抓住马的鬃毛，不用马鞍也没有缰绳：我飞了起来，体内跳动着动物的血脉，蹄甲轰鸣，散发汗湿兽皮的气味，呼吸炽热，与这股一头扎进风中的力量交流：下马时我的膝盖都在颤抖。这样年少的惊奇可以一直持续到晚上。

多年以后我还能认出那种剧烈的快乐，就像记起自己的出生或者第一道光线。这种感觉有时候还会发生，当我赤裸地浸没在海里，我会感觉自己属于海水。还有，当我触碰一个女人，抚摸她，我给她生命，她擦蹭我，她创造我，我进入她，我们在那短暂的一瞬不朽，我们两个人在至高的飞翔里变成很多个存在。

**4.**

我要回到布塞厄区[①]佩佩·巴里恩托斯的棚屋。

---

① 蒙得维的亚东南沿海一城区。

心情好的时候，佩佩会给我在这间屋子里找个位置。他会给我开门，让我和他的家人一起坐在桌边。

有天早上，和我一起在辛迪加服役的豪尔赫·伊里西蒂找到那儿，把车停在门口，按着喇叭叫我，从铁栅栏后面冲我喊：古巴被入侵了。佩佩立刻打开收音机。新闻正宣布入侵者在吉隆滩成功登陆。我感觉口干舌燥，整个下午都在喝水，还是没法消除那种灼烧感。那天下午工作的时候，我舌头上掉了一块皮。佩佩想带我去看医生。最后舌头自己痊愈了。

一年又一年，我和佩佩共同经历过许多冒险旅程。一个夏日的晚上，我们坐在布塞厄小港口的码头上，他问我最近在干什么。他告诉我世上没有哪块面包足以阻止我的饥饿。

**5.**

广播宣布飞机已经降落在埃塞萨机场。

埃里克摇摇我。

他以为我睡着了。

太阳落在河上。无辜的光线，仿佛只在每天初生或终结时遇见。

我们走向一辆出租车，拎着手提箱。有一瞬间我感觉很快乐，想要跳起来。

汽车沿着海岸滑动，然后淹没在城市里。

# 孩　子

海的边缘，海岸打开、河流入海的地方，我的孩子都在那里孕育而成。韦罗妮卡在布塞厄老海湾几根倾圮树干的庇护下。克劳迪奥在南区[1]。弗洛伦西娅在阿特兰蒂达[2]的海滩。

我和格拉谢拉坐公共汽车去阿特兰蒂达的赌场。一如既往，我们剩下的钱不够一个月了，这一次，我们厌倦了贫穷，想把剩下的都拿去碰运气。

保险起见，我们买的是往返车票。如果赌赢了，我们就去一家高级酒店过周末，不用卖掉艺术书籍和酒瓶子的存货就可以活到月底。如果输了，我们就在海滩上睡觉。

---

① 蒙得维的亚南部沿海一城区。

② 乌拉圭南部卡内洛内斯省（Canelones）滨海城市，为度假、疗养地，位于蒙得维的亚东约四十五公里处。

我们赌了不同的数字，十七，二十四，三十二……还试了试零。概率。颜色，街道，图片。我们一无所知。

半小时后我们的口袋里就只剩下灰尘了。

于是我们在海里洗了澡，相拥睡在阿特兰蒂达的沙滩上。

# 孩　　子

我和韦罗妮卡互相写过许多激烈的信件。

有时候，是漫长的沉默。两个人都等着对方下马低头——心底都知道对方不会。风格问题。

韦罗妮卡像汉弗莱·鲍嘉那样点燃雪茄烟蒂。捏着火柴随便说点什么，看上去像是心不在焉，望向另一边，等火快烧到指甲的时候，她才慢慢地将它移近香烟。挑起一边眉毛，摸摸下巴，从嘴角吹一小口烟把火熄灭。

她来布宜诺斯艾利斯看我时说：

“如果我们不是父女，应该早就分开了。”

有天晚上她和玛尔塔、埃里克去狂欢。

韦罗妮卡带了她的破布娃娃无名去。

第二天中午，她醒了以后告诉我：

“我们在路上走。去野蛮人喝啤酒吃花生。夜色很美。

我们运气很好，要到一张靠窗的桌子。音乐很好听。”

“无名呢？”

“我们把它挂在墙上的钩子上，也给它点了啤酒。啤酒让它昏昏欲睡。”

“待到很晚吗？”

“我们相爱着，”她对我说，“直到凌晨三点。”

# 孩　子

十一年前，蒙得维的亚，我在家门口等弗洛伦西娅。她还很小，走起路来像只小熊。我很少见到她。我每天晚上在日报社待到不知几点，早上还要在大学里工作。我几乎不了解她。我在她睡着时吻她，有时给她带巧克力糖或玩具。

那天下午她妈妈不在家，我在家门口等公共汽车把弗洛伦西娅从幼儿园带回来。

她到家的时候很难过，也不说话。在电梯里她几乎要哭了。然后她任由牛奶凉在碗里，紧盯着地板。

我让她坐在我膝头，让她给我讲讲发生了什么。她摇摇头拒绝了。我摸摸她，吻吻她的额头。她掉了几滴眼泪。我用手帕擦干她的脸，给她擤鼻子。这时，我又求她说：

“来，跟我讲讲。”

她告诉我她最好的朋友今天说不爱她了。

我们在椅子上抱着一起哭了，不知道哭了多久。

我预感到弗洛伦西娅在未来漫长年月里将要受到的伤害，多希望上帝真的存在并且不是聋子，好让我能祈求他把留给弗洛伦西娅的所有痛苦都加在我身上。

# 孩　　子

1.

克劳迪奥最好的朋友阿尔瓦罗邀请他观看自己的甲虫马戏团表演。克劳迪奥给我描述了那个马戏团。有一小块草垫，周围是晾衣夹组成的栅栏。阿尔瓦罗用金属线、小木块和细绳做了一套甲虫喜欢的玩具。可怜的小虫子很笨拙，穿着战士盔甲，不过克劳迪奥在阿尔瓦罗的马戏团里看见它们完成高难度跳跃：在吊杆上玩平衡，危险的高空跳，在旋转木马上打转，向观众致意。

2.

一天晚上，阿尔瓦罗留在克劳迪奥房间里。第二天早上，床铺原封未动，两人衣服都没脱，睡得很死。

克劳迪奥是这样解释的：

“我们打开窗户。满月。我们整晚唱歌，讲故事，谈论女朋友。就是这样。”

**3.**

克劳迪奥同意喝汤，但是要用叉子。

他喜欢解谜和迷路。

他表示：“那个漂亮的公园特别适合迷路！”

他会问：

“爸爸，几点了？三玛利亚星①都在天上了吗？南方十字星呢？是不是真的所有我们发明的东西都已经被发明我们的人发明过了？”

**4.**

克劳迪奥三岁时身体很弱，他死去又逃了出来。

他不停喘着粗气，额头烧得像火；但在窒息和高烧中他还尽可能做出没事的样子，咬紧牙关微笑。

---

① 猎户座腰带（Cinturón de Orión）三颗排成直线的亮星Alnitak、Alnilam和Mintaka。

“妈妈，我很好，”他断断续续地说，“你没看到我很好吗？”

他被送进医院时几乎没呼吸了，全靠氧气罩支撑。他乘着氧气舱，穿过清凉湛蓝的宇宙飞上月球。

他拒绝我们给他的奶嘴：“宇航员不用奶嘴。”

他喃喃自语：“天上有一群马在飞。”

然后担架车把他送往手术室。长长的担架车上他显得更小了。他对每个人说再见和谢谢，电梯门阖上了。

他从麻醉中醒来时饿坏了。

他晕晕乎乎地说：“我想吃牙齿。”他想从床上坐起来但没成功。等他能坐起来了，就在被单上画了一只母鸡。又过了一段时间他的肺才完全恢复。他把一根铅笔叼在嘴上，说：

“我是个小绅士。我抽烟，咳嗽。所以我总是咳嗽，咳嗽。”

出院时他已丢掉恐惧。睡觉不用奶嘴，也再没画过床单。

# 布宜诺斯艾利斯，1976年5月：他死了吗？谁知道？

## 1.

我们听见发动机的声音从远方逐渐靠近。我们站在码头上等待。阿罗多[①]一手擎着摇摇晃晃的提灯，一手搂着冷得发抖的玛尔塔。

灯光透过薄雾指引机动艇找到我们。

我们跳上去。有一瞬间我看清那艘破旧的小船，被绳子拴得好好的；紧接着雾气就把它吞没了。我曾经在傍晚驾着这艘船去商店所在的小岛。

---

① 阿罗多·孔蒂（1925—1976）为阿根廷小说家。著有长篇小说《东南方》（1962）、《囚笼》（*Alrededor de la jaula*，1966）、《有生之年》（*En vida*，1971）、《马斯卡罗，美洲猎人》（*Mascaró el cazador americano*，1975），短篇小说集《夏日》（*Todos los veranos*，1964）、《与其他人一起》（*Con otra gente*，1967）、《卡罗来纳白杨谣曲》（*La balada del álamo carolina*，1975）等。以《美洲猎人》获美洲之家奖。他于5月5日失踪，这天后来成为布宜诺斯艾利斯作家日。

深沉的河流腾起蒸汽一般的雾。

艇上很冷。乘客们窃窃私语。夜之将尽，寒冷比平时更烈。我们沿一条细窄的溪流而上，转而进入更宽的一条，最后注入河中。白天的第一道亮光从岸边杨树的暗影背后倾泻下来。模糊的光慢慢吐露被上涨的河水淹过一半的小木房子，还有一座白色的教堂和几排树木。一点一点，木麻黄的冠羽亮了起来。

我从船尾站起来，感觉到一种清洁的气味。新鲜的微风迎面吹来。我望着追逐着小艇的一长道泡沫和扩散开来的波光。

阿罗多站在我旁边，让我转身，于是我看见了：巨大的铜色太阳正侵入河口。

我们深入河口三角洲，在那里待了几天，然后回到布宜诺斯艾利斯。

## 2.

很少有人像阿罗多·孔蒂这样了解巴拉那。[①]他知道

---

① 即阿根廷东部的巴拉那三角洲。起于圣菲省（Santa Fe），向东南方延伸，经恩特雷里奥斯省（Entre Ríos）西南部和南部、布宜诺斯艾利斯省北部至拉普拉塔河，面积达一万四千平方公里。洲内水道纵横，密布岛屿、湿地，有如迷宫，生物多姿，风光绮丽。这里是阿罗多·孔蒂的圣地，为深入其中，他甚至造了名为亚历杭德拉的小船。三角洲经常出现在其作品中，成名作《东南方》即以三角洲风光、人物为描写对象。

哪里钓鱼最好，知道岛屿上所有的小道和被遗忘的角落；他了解潮汐的涨落，了解每个捕鱼人的生活、每艘船的来历，了解这个地区和居民的秘密。他懂得如何漫步三角洲，一如他在写作中懂得如何在时间的隧道中旅行。他在溪流里漫游，在开阔的大河上日夜航行，听天由命，寻找那艘自己曾经在童年或梦中驾驭过的幽灵之船。在追随失去之物的同时，他慢慢听见许多声音，开始讲述那些像他一样的人的故事。

3.

一周前，他从家里被拖走。蒙上眼睛，遭受毒打，然后被带走。那些人的枪都装了消音器。他们把他的家洗劫一空，连毛毯也没放过。阿根廷最好的小说家被囚禁，日报上一句话没提，电台什么都没说。今天的日报刊登了意大利乌迪内地震受害者的完整名单。

这一切发生时玛尔塔正在家中。她也被蒙上了眼睛。他们允许她和丈夫告别，她的嘴唇上留下一丝血腥。

今天他已被带走一周。我已无法告诉他我爱他，出于羞赧和懒惰，我从没对他说过。

## 布宜诺斯艾利斯，1976年5月：那个声音控制住收紧的情绪

阿尔弗雷多·兹塔罗萨①唱起歌来毫不颤抖也没有多余的修饰，他的声音就是为爱——那总是危险的——和男人的尊严而生。

这天晚上我去他家。有一些我不认识的人。

阿尔弗雷多患头痛很多年。没有医生能医好。那种国家之痛：

“我醉了。”他告诉我。

他说了一些别的事情，又突然中断对我解释道：

“我醉了。常有的事。”他向我问起阿罗多的消息，问了三次。

---

① 阿尔弗雷多·兹塔罗萨（1936—1989）为乌拉圭著名歌手、词曲作者和诗人。拉丁美洲新歌运动（Nueva canción）在该国的领军人物。曾为《前进》周报工作，还是广泛阵线党员。20世纪70年代，他的歌在乌拉圭及其他军政府统治下的拉丁美洲国家遭到禁止。他于1976年从布宜诺斯艾利斯流亡，1984年归国。

“前两天我听说了。什么都做不了吗？”

他给我倒酒，悒悒地唱歌。角落里有人开了个玩笑却自己先笑起来。

“我没读过阿罗多写的任何东西，”阿尔弗雷多说，“那天我去买了一本。我喜欢这个家伙。就没什么我能为他做的吗？”

他拨弄了一阵子吉他，眼睛盯着地面，然后又说：

“我觉得那本小说很好，《东南方》。我之前不知道这本书是因为我看书太少了，真的，我也从来不认识他。我知道他是你的朋友，但是从来不认识。现在……什么都做不了吗？”

他喝光杯子里的酒，说：

“所以什么都做不了。”

他摇摇头。其他人开始齐声唱一首米隆加。唱到一半。阿尔弗雷多一脸责备地望着我：

“我没有你的地址。”

我解释说：“我从来不在家。”

“你没给过我你的地址。”他说，“我有你在杂志社的电话，但没有你的地址。你没给过我。”

“我给你写下来。”

他递给我一本黑色封皮的记事本。我一页页翻找着对应的首字母，无意中翻到他昨天的日程。

其他人低声交谈着。

我在日程上读到：

排练。

在ION[①]录音。

给爱德华多打电话。

决定离开。

---

① 布宜诺斯艾利斯一家著名的音乐工作室，成立于20世纪50年代。

# 那些城市存在吗？
# 还是人们嘴里呼出的水汽？

**1.**

等我死了我想埋在哪条街道下面？想被谁踩过？想永远听见谁的脚步？

蒙得维的亚不就是那些在里面相爱、憎恨、接受和给予的人的总和吗？我的怒火与忧伤都来自这些男男女女。他们是我的国家史。

埃米利奥提出给我在布宜诺斯艾利斯的房间画壁画，我请他为我画一个色彩鲜艳的港口。一个用来抵达而不是用来离开，为了说你好而不是说再见的蒙得维的亚港口。

他给我画了一个留在那里。

2.

午睡时分，我和弟弟被关在房间里，时刻警惕着街上的声音，它一直在召唤我们。那时的城市有着截然不同的乐声：我们听见拉运冰车的马嘚嘚的蹄音，磨刀人的哨子，卖蛋卷人的三角铁，冰激凌小贩的吆喝，还有幸运小鹦鹉的手摇风琴声，它用喙尖占卜命运[①]。妈妈一不留神，我们就逃了出去，跑过一条条街道，往朋友家窗户上扔石子。等一帮人都到齐了，我们就去荒地上抽玉米叶卷的烟。小峡谷里脏脏的小鱼比家里的午餐更鲜美，而比电影院更带劲儿的，是躲在岸边的小树林里点了篝火吃偷来的烤肠。每人都能咬上一口。我们一天的战利品滴着滚烫的油脂，被我们塞进嘴里。

3.

我们盼望夏天；夏天是狂欢的时节。

桉树开花，火星在天上发出红光，灼热的大地挤满癞蛤蟆。

我们翻遍采石场，寻找可以做面具的黏土。揉出模子，

① 当手摇风琴奏完一曲，栖于笼中或立于手摇风琴手（organillero）肩头的幸运小鹦鹉会从装满卡片的抽屉里衔出一张，由主人出售给占卜命运的那个路人。

尖鼻子，鼓眼睛，裹上石膏。用湿报纸糊好面具以后，埃玛姑妈帮我们一起刷颜料。我们在脖子上挂一口旧锅，面具乐团就这样浩浩荡荡地走在狂欢节的游行队伍里。

每个街区都有自己的舞台，有的还有两个。街头乐队在巨大的彩色木偶的包围下彻夜唱歌。

最初的吻都是在舞台底下发生的，黑漆漆的小地方，头顶上是嘈杂的人声。

**4.**

那座城市变成什么样子了？诗人帕里利亚和画家卡夫雷利塔曾在那里共用一套西装轮流穿。①

原来是小蛛网的地方现在换成什么了？看门的利托总是叼着托斯卡诺雪茄；他胖得只能坐着睡觉。我第一次去那儿的时候十四岁。运气很好。大概是因为我看上去很纯良，胖子利托放我进去了。

“你！那个小个子！进去吧！”

利托有个兄弟叫拉法，他在墙上记顾客的欠账。粉刷

---

① 即何塞·帕里利亚（José Parrilla，1923—1994）和劳尔·卡夫雷拉（Raúl Cabrera，1919—1992）。何塞·帕里利亚特立独行，行事出人意表，是Esterismo流派创立人；人称卡夫雷利塔的劳尔·卡夫雷拉生活困窘，受前者庇护多年，创作有许多表现双手交叠，眼神迷离的大眼睛女孩的作品。两人保持长久的友谊。他们是蒙得维的亚的传奇人物。

墙壁会使那些债务人得赦免，一定是为这个他们才从来没刷过。

每天晚上都有红酒和吉他，大腊肠和奶酪。

我们坐在货箱上喝酒聊天，这些货箱天一亮就装满了番茄、莴苣、洋葱和橙子。位于老城区中心的小蛛网晚上是酒吧，白天是果蔬铺子。①

在那儿，我第一次听到西班牙内战歌曲，还有一些现在还听的克里奥尔多那瓦②。从诗人和水手说的那些话里面，我还学到了另一些事情。

**5.**

所有的醉鬼都是言论自由的英雄人物。“让我闭嘴，就你？”他们会说，“你让我闭嘴？你知道你在跟谁说话吗？”

---

① 小蛛网位于华盛顿街（Washington）与佩雷斯·卡斯特利亚诺街（Pérez Castellano）交口。作为果蔬店铺，其历史可追溯至1918年。时间推移，渐渐成为作家、诗人、画家、音乐家和记者等钟爱的小憩谈天场所，他们以货箱为椅，在此品尝红酒和奶酪。利托和拉法兄弟为家族第三代，20世纪30年代开始管理店铺，自那时起这里以小蛛网（得名自天花板上的蜘蛛网）闻名。下文所提及的诸多咖啡馆、酒吧，多在蒙得维的亚南部沿海的老城区和中央区（Centro），历史悠久，浓缩了这座城市的文化。不便一一注出，请参见以下网址：http://www.raicesuruguay.com/raices/revista.html。

② 多那瓦是一种抒情民歌，起源于西班牙北部阿斯图里亚斯（Asturias）、坎塔夫里亚（Cantabria）地区，在阿根廷、智利、委内瑞拉等国获得发展变化，以演唱时不伴以舞蹈，由吉他等弦乐器伴奏而显著区别于原产地。在拉丁美洲，多那瓦通常承担许多社会功能，如赞扬和祝福新人的多那瓦。20世纪六七十年代为新歌运动，尤其是智利的新歌运动吸纳。克里奥尔人在16至18世纪指生于美洲而双亲为西班牙人者。

他们大声争论，不带身份证件就在街头瞎逛；没人害怕。

流亡的西班牙共和派总是在自由广场[①]的索罗卡巴纳咖啡馆集会。他们像在内战时一样打架，过后又相拥离开。政客和戏剧爱好者更喜欢图皮南巴咖啡馆[②]。等那些退休老人都回去睡觉了，我们这些记者就占领了皇宫酒吧。我是一张靠窗桌子的主人。

中午的金费斯[③]要在豪哈[④]喝，每周六的小葡萄[⑤]要在老市场的趣趣。波士顿属于音乐家和舞女。不列颠用来下象棋和玩多米诺骨牌。那里的观众有加泰隆尼亚人、社会主义分子，也有哑巴。如果谁在不列颠当了三十年顾客，就算退休，从此他在这里喝酒不用付钱。

我把这些地方长久完好地保留在记忆里，木头或大理石的小桌，重重谈话的嘈杂，镀金的阴影，烟雾升腾的蓝

---

① 尽管自由广场是蒙得维的亚中部城区伊图萨因戈区（Ituzaingó）一座广场的正式名称，蒙得维的亚人还是习惯将南部城区中央区7月18日大道（Avenida 18 de Julio）中段的这座小广场称为自由广场。该广场的正式名称为卡甘查广场（Plaza de Cagancha或Plaza Cagancha），得名自卡甘查战役（Batalla de Cagancha，1839），在这次战役中乌拉圭人击败了入侵的布宜诺斯艾利斯军队。

② 图皮南巴一词取自图皮南巴人。图皮南巴人是居于巴西大西洋海岸北至塞阿拉州（Ceará），南至南里奥格兰德州（Rio Grande do Sul）阿雷格里港一带操图皮诺语言的几个印第安群体的统称。

③ 金费斯是一种用杜松子酒、柠檬汁、苏打水、白糖或糖浆调制的鸡尾酒。

④ 豪哈旧作Xauxa，在西班牙语中可引申为安乐乡、丰饶地等。语源学并无定论。有说即弗朗西斯科·皮萨罗征服并建为西班牙秘鲁旧都之地——今秘鲁中西部豪哈省首府豪哈，由克丘亚语（quechuas）地名音译而来。据载，西班牙征服者在当地发现了印加人大量的衣食储备，令他们过得舒适富足。似乎这次征服之后，西班牙中世纪传说中的懒人福国（País de Cucaña）就与豪哈国（País de Jauja）画上了等号。

⑤ 小葡萄是由加尔纳恰葡萄酒（garnacha）和波尔图酒（oporto）制成的酒饮。

色空气，烟草气味和新煮好的咖啡香：它们英勇地抵抗着树脂和塑料贴面的入侵，最终被打败。

朝向独立广场的蒙特雷从来不打烊。在那里人们用汤勺吃蛋奶糕，结束了一整夜红酒高歌去上班前，可以在早餐时间饱餐一顿。

每个清晨，格洛丽亚都坐在蒙特雷窗框上哼探戈舞曲，声音低沉暗哑。连一只苍蝇飞过的声音都没有。

格洛丽亚爱一个叫马伊阿的男人，他在沿海贸易船上工作。有天晚上，爱情终结，她杀了他，然后自杀。人们在一张餐桌上为她守灵。每个桌角都点燃一根粗头蜡烛。

# 梦

我给你讲我小时候的故事，你在窗户上看见它们发生。

你看见少年时代的我跑过原野，看见马匹，光线，一切都温柔地移动。

于是你从窗框上捡起一块绿色发亮的小石子，紧紧捏在手心。从那一刻起，变成了你在我记忆的窗户里玩耍奔跑，你飞奔穿过草地，属于我的童年你的梦境，我的风拂过你的脸。

# 锁眼里看世界

我记得暴力开始的那一天。

我弟弟吉列尔莫正和加利西亚人帕兹一起在奥索里奥街我们家门口的人行道上玩耍。

那是一个夏天的正午。

我坐在低矮的石墙上看他们踢一个破布球。

加利西亚人比我们都大一些，帅得出名，是孩子王。他去附近几个街区的时候，那儿的孩子都为他开道。

那天出现了一个可疑进球，类似这样的事，他们扭打到一起。我弟弟摔在地上，加利西亚人用膝盖压着他的胳膊，从上面按住他。

我看着他按住吉列尔莫，没动也没说话。

突然就像是体内的扳机被扣了一下，我视线模糊，跳起来冲了过去。

没人完全明白之后发生的事。听说我一阵拳打脚踢，像一只愤怒的小狗揪着加利西亚人的脖子，拉都拉不开。

我记得事后我浑身发抖，舔着指关节上的血，目瞪口呆地听到这一切，像是在听别人的故事。

# 锁眼里看世界

一个下雨的早上，我在我的朋友豪尔赫家和他玩四子棋还是跳棋，然后不知怎的，我就去了他姐姐的卧室，用拳头掀起几件她的衣服，发现她在床上裹着被单沉睡。我体会到上帝讶异的目光。

# 布宜诺斯艾利斯，1976年5月：政治经济学入门

经济部长的那些法令是关于税收制度和价格政策的改变吗？为什么从来不提到诸如生命、死亡和命运之类的东西？能看掌纹算命的人和能读出法令暗指的人，哪个更智慧？

一个好日子，卡利托·多明格斯①的父亲决定使出最后一招。孩子们已经大了，不再那么需要他。他要变卖宽敞的房子去买一间小公寓和一辆车。

“我要把那个老太太从厨房里解救出来，”他说，“我们来享受生活。”

他们从来没有旅行过。他们要去穿越安第斯山脉。在

① 应指卡洛斯·马里亚·多明格斯（Carlos María Domínguez，1955— ）。阿根廷作家，1989年起居乌拉圭。曾任《危机》编辑。代表作有小说《卡宾枪的准星》（*Tres muescas en mi carabina*，2002）、《纸房子》（*La casa de papel*，2002）等。

那么高的地方行走该是什么感觉？

卡利托的父亲签好卖房契约的那天，经济部长颁布了一条新法令。第二天日报纷纷刊登这条消息。这样一来，卡利托的父亲卖房所得的钱只够买一间最小的公寓，再无其他。剩下的钱刚刚好能支付一场葬礼。

父亲住院以后，卡利托去看他，他恳求儿子拔掉自己身上生理盐水的导管。

“我理解你，”卡利托说，“但是我不知道怎么做。”

他的母亲都没机会认识新房所在的街区。她走进公寓，绊了一跤，重重摔下去病倒了，再也不想起来。

“我看见海上的星星，黑色的大星星。”她说，“它们有巨大的眼睛。”

后来，一阵狂风刮塌了后院房顶，没人能再掀开。墙上的画纷纷坠落。冰箱停工。洗衣机坏了。电话不响了。

卡利托走进这间黑漆漆的公寓仿佛走进一个陷阱；他开始阅读父母在自己出生以前写给彼此的信。

# 系　统

只有价格是自由的。在我们的土地上，亚当·斯密需要墨索里尼。自由投资，自由价格，自由兑换：贸易中的自由越多，人民就越受压制。少数人的资产伤害其他大多数人。哪有无辜的财富？危机时代，难道不就是自由派变保守派，保守派变法西斯吗？国家和民众的杀手完成的是谁给的任务？

奥兰多·莱特列尔在《国家》周刊上写道，经济不是中立的，技术也不是。两周后他在华盛顿街头被炸成碎片。[①]

① 奥兰多·莱特列尔（1932—1976）为智利社会党（Partido Socialista de Chile）政治家、经济学家。1971年起在萨尔瓦多·阿连德政府任驻美大使，外交、内政、国防部长等职。政变中被捕，被投入集中营，一年后因国际压力获释。1975年赴美国工作。致力于劝阻欧美政府对智利军政府的援助，几次成功阻止欧洲贷款，因此被褫夺智利国籍。这里提到的文章当为《芝加哥小子在智利：经济自由的高昂代价》（*The Chicago Boys in Chile: Economic Freedom's Awfull Toll*）。文中指出芝加哥小子——20世纪50年代起美国为智利培养的经济学家，多数曾在米尔顿·弗里德曼领导下的芝加哥大学经济系学习，鼓吹新自由主义——与美国中央情报局关系非比寻常。谋杀他的汽车炸弹系由智利秘密警察放置。

米尔顿·弗里德曼的理论对他自己来说，意味着一座诺贝尔奖；对智利人，意味着皮诺切特。[①]

一位经济部长在乌拉圭宣布：

“收入分配不平等在于存款不平等。”同时，他承认酷刑折磨惊悚万分。要是没有不间断的高压电棒，怎么拯救这样的不平等？右翼政党热爱概括性意见。概括了，就解决了。

① 米尔顿·弗里德曼1975年访问智利并与皮诺切特会谈，正像他后来在自传中所写，对军政府采用休克疗法及进行自由市场经济实验，他起到了推动作用。另参见娜奥米·克莱恩《休克主义：灾难资本主义的兴起》，广西师范大学出版社，2010年。

# 布宜诺斯艾利斯，1976年5月：写字台上的炸弹

## 1.

有人喊了一声：

“卡斯特罗先生找你。”

我探出头。等候大厅里坐着一个年轻人，腿上放着一个包裹。他跳起来拥抱我，手里紧紧抓着那个包裹。我不认识他。他对我说我们得单独谈谈。

我们走进办公室，关上门。他坐在我对面，望着我。

“请说。”

“我是乌拉圭人。”他对我说，接着补了一句，“和您一样。”

“那很好。”我说。

“您知道这里面装着什么吗？”他指指包裹。

“完全不知道。”

他把包裹轻轻放在桌上，前倾的身体几乎要碰到我的脸，耳语道：

“是一个炸弹。”

我往后缩了一下。卡斯特罗重新坐下来。微笑着。

“一个炸弹。”他重复了一遍。

我瞄了一眼门。确信抽屉里放了一把手枪也没用。

“我站在穷人的一边。我站在人民的一边。”卡斯特罗说，“您呢？”

“我完全同意。”我向他保证。

他一只手放在包裹上：

“您想让我打开吗？”

包裹里跳出一堆打字机打出的文稿。

“炸弹！”卡斯特罗狂喜地大喊，“这部小说会让政府倒台！”

2.

还好这不是我遇见的第一个疯子。

我在蒙得维的亚做《时代》时，有一个巨人定期来报社巡视。他每周都从疯人院跑出来，势不可当地走进编辑部，穿着破旧灰色工装裤，头剃得光光的，随便在哪张办公桌前坐下。他会威胁说："我要把这儿全打碎。"大家已经知道该怎么做：他脸朝下趴在一张桌上，我们轮流抚摸他的背。他就会安详地笑起来，然后离开。

有一个人来告发帝国主义阴谋，因为每次他打开家里厕所的龙头，就有蚂蚁爬出来。有一个人是雕塑家，习惯洗劫城市各个广场的天使雕塑。他会在夜里任何一个时刻到来，外套里装着青铜或大理石的翅膀或小手，请求公众事务发言人的庇护。还有那些发明家。有个矮小的意大利人抱了一大卷羊皮纸来。那是他的灭火炮筒设计图，能在没有水的地方朝火焰喷小石子灭火。

**3.**

阿查瓦尔担任布宜诺斯艾利斯大学出版社文学主编时，有天下午接待了一位两鬓斑白、穿定制衣装的绅士。

绅士带来一本未经编辑的小说手稿。

"我是这部作品的作者。我把它带来是因为你们要出版它。"

"嗯……"阿查犹豫了一下，"感谢您费心带来。我们的评审会看看……"

"没什么好看的，"绅士微笑道，"我说你们会编辑出版这本书，是因为你们会编辑出版它。"

阿查同情地表示赞同。他说他也希望这本书能由自己的出版社出版，也很愿意考虑……

“也许我没有说清楚。”绅士说。

“是的是的。”阿查说。他开始解释每套丛书都有主编和评审，他不能越过别人做出任何决定。

“我说我带来了我的小说因为它要在这里出版。”绅士又重复了一遍，毫不动摇。阿查瓦尔也毫不动摇地解释说，这家出版社是为了出版大学教材创立的，小说作品隶属学生阅读丛书或者在大众中流传的经典文学系列，国内国外的作品都有，但是无论如何，他会尽己所能……

“阿查瓦尔先生，”绅士说，“我感谢您的解释。但是就像我刚才说的，我带我的小说来这家出版社是因为我知道它会在这里出版。”

阿查看着他。说不出话来。他点了一根烟。然后温和地问他：

“我能知道是谁说它会在这里出版吗？”

“上帝说的。”绅士回答道。

“谁？”

“上帝。三天前他在我面前显灵，对我说：把小说拿去就行了，会出版的。”

阿查瓦尔从来没接待过这样强力推荐的作家。

# 克拉洛梅克[1]，1976年5月：致敬一个我不曾认识的男人

## 1.

从这里能看见蜗牛……我任凭双腿带着我走了多久？太阳的最后一点余晖渐渐落下。

空中海鸥嘶鸣。它们的影子在我前方穿行。

我走到克里斯蒂安的巨石下，读着上面那些早已熟识于心的铭文。[2]我站在石头前面久久不动。每次我来这里，都要神态自然地走过这漫长路途。

我踩过的地方曾经有他的足迹，多年前被狂风海浪抹去。曾经的那些午后，他像今天的我一样，感觉自己是头

---

① 阿根廷布宜诺斯艾利斯省南部滨海小镇。今为观光度假地。

② 克里斯蒂安的巨石系指克拉洛梅克镇西南七公里处海滩上的克里斯蒂安·马森(Christian Madsen)纪念碑。克里斯蒂安·马森是当地传奇人物。20世纪20年代因参加工人罢工系狱，逃亡后避居当地，成为一名渔人。他死于1963或1964年。

顶上空盘旋的那只鸟，在沙滩上滑行，再一头栽进海里。

没人知道老克里斯蒂安是怎么来到这片海滩的；但是有一些传说。传说中他善于游泳，全凭游泳从一艘靠岸的丹麦大船上逃出来。他依靠在湍流中捕鱼和其他食物为生。他从来没让大海吞没任何一条钓鱼线：他会游到鱼线所在的地方，用手和牙齿解开。他另一个出名的地方是从来没有警察能抓住他。

他总是做好准备提供无私的帮助，不要任何回报；曾经救过好几个人性命。他从来没什么财产，把所有都贡献出去。他给地区小学最好的学生设立了三十比索的奖金。

母马洛拉帮他拉开渔网。每天晚上，老克里斯蒂安会在村子里的小店转转。六只灵猩犬和母马洛拉在酒馆门口等他。等他醉到不省人事，就会被人放到洛拉背上。母马沿着海岸线把他带回沙洲上他给自己搭的锡罐棚屋，跟着他身体的摇摆节奏摇晃屁股。有时候老人从马背上滑下来摊在沙滩上。灵猩犬就会一起跳上去睡在他身上，好让他不被冻死。

关于他，我只知道大家传说的这些，还有他那张面颊瘦削、目光甜蜜的照片对我说出的故事，以及我追随他走在这条路上的时候学来的东西。我知道他从来不识女人，但是也许，喝到醉倒的时候，他曾经问候或诅咒过某个远方的女孩，他曾经为那个女孩殚精竭虑，只剩干涸。

2.

暴风雨过后，沙洲上会出现许多硕大的蜗牛和海生物。最近几天天气都很平缓，我在沙滩和石缝间什么都没发现。我捡了一小块黑玻璃。潮汐把这支酒瓶敲碎在岩石上。

# 雅拉[1]，1976年5月：街道之战，灵魂之战

**1.**

埃克托尔·蒂松[2]去过欧洲。他在那里不快乐，又回到了雅拉。艰难时刻，但他确信自己属于脚下的土地。

我们有一年多没见了。我到雅拉的时候头疼欲裂。后颈已经灼烧我两周了。

我们沿着通往河边的小路漫步。

那条河与村庄同名。喧闹的河水流过彩色卵石。春天，山上的冰雪融化。夜里，雅拉河边睡着几把吉他。乐手把它们留在那里让小人鱼调弦。

---

① 阿根廷北部胡胡伊省城镇。

② 埃克托尔·蒂松（1929—2012）为阿根廷作家、政治家。当过律师、官员。1976至1982年流亡西班牙。有《老兵》（*El viejo soldado*，2002）等十余部小说以及故事、随笔。

“我们所有人的自由都是有条件的。”埃克托尔说。

“我要独自留在这里。”他说。

恐惧是最坏的消息。埃克托尔告诉我，在科尔多瓦，阿尔贝托·比尔尼雄的葬礼上，只去了十二个人。①

我也认识那个无辜商人，他走遍平原山川，怀里挂着绘画和诗歌，售卖这不可卖的美丽。他认识这个国家每块石头、每个人、每种红酒的味道和人民的记忆。他们用伊萨卡霰弹枪打碎他的头颅和胸腔，扔进贮水池。他的房子被炸毁，连灰都不剩。那些小块贴面瓷砖，他曾用心编辑的书，发掘的天才外省年轻人的作品，还有从所到之处书店地下室或火炉里抢救出来的。二十五年心血毁于一旦。杀手们居功至伟。

“葬礼上只来了一个男人。”埃克托尔说，“十一个女人和一个男人。”

恐惧是最坏的消息。他告诉我，有一对情侣朋友，把藏书都扔进炉灶。一本接着一本，所有的书：我们这个时代的宗教仪式。他们从列宁开始，到《爱丽丝漫游奇境》结束。等到已经没什么可以扔进火堆了，他们就像着了魔一样开始扔掰碎的碟片。然后她在角落里，面对火焰，发出一声长长的哀号。

---

① 阿尔贝托·比尔尼雄（1918—1976）为阿根廷出版人，在作家尤其诗人中间享有盛誉。1976年3月24日被军政府杀害。

我告诉他，有一群小孩在布宜诺斯艾利斯郊外荒地上踩到一个包裹。打开来：里面都是书。我们的杂志被强行查封禁止发行，杂志合集留在荒地上。你开始感觉到有人跟你打招呼时压低声音，有人别过头去。最后甚至你在电话里都能传播麻风病。对周围人的一场再发现，既然潮汐渐长，谁能不被溺死？谁不会败给机器？

我们沿着铁轨走到火车站，坐下来抽根烟。我在站台的石板上发现一头狮子，一个梳头发的女人，一个举高双臂做进贡状的男孩。岁月和脚步从石头上走过，却没有抹去这些图案。用刻刀在石板上画下它们的扳道工已经不在了。他一定是在等待中变成雕塑家的。那个年代，火车一个月经过这里一次。

“雅拉有自己的生命。”埃克托尔说，“这里以前有人。甚至有过一个理发师。后来他染上了圣维杜斯病毒。他很危险。”

他很少和我说起欧洲。一幢安达卢西亚房子里一副盔甲上的一句话：“受苦为活。”在巴黎看过的一部电影，一个成熟女人冷漠而极度缓慢的生活。有天晚上，让娜发现了高潮。她起身去洗澡，在斗橱上找到一把剪刀，把它插进男人的喉咙。

## 2.

一只铁拳压着我的后颈。为了说服自己，我说我不害怕疼痛。我说，就是这绝望时刻提醒我还活着。我不会付钱给我体内的任何一个小丑或者婊子。

我告诉埃克托尔，我正在试图写作，为了锁定那些正在逐渐被自己征服的微小确定，不让它们被质疑的强风带走——词语像狮爪或者松动沙洲上紧抓沙砾的罗望子树。回归简单事物之喜悦的旅程：烛光，水杯，掰开的面包。谦逊的尊严，值得你付出的洁净的世界。

## 3.

埃克托尔讲起老雅拉的故事。被外地人抛弃的女孩每天下午都骑马出去，旁边牵着男人的马，空有马鞍没有骑手。她在双人桌上吃午餐和晚餐，旁边是他的空盘子。她慢慢变老。

我们沿着水渠边缘散步，水流发出轻微的响声。我摘下一片楮树叶，用手指压紧。

埃克托尔说："那边的角落住着一个长不大的女人。她的身体和心智都还是小女孩；她是个瞎子。她的一生都在秋千上度过。谁去推一把秋千，她就像小鸟一样唱歌。

她只会做这一件事。”

我说起布宜诺斯艾利斯。我已经有多久没听过人鱼的长歌？一个男人的生命最后一次贬值以后还值多少？这个国家的人播种尸体和小麦。从名单上划掉一个名字，叫那个名字的人会在哪里醒来？你被封住嘴，捆住手，你被送上福特猎鹰：你听见城市里所有声音离你远去，你说了再见，或者说，你用意念说了再见——因为嘴里塞了绷带。

“不，不。等等。不是这样。不要从正面打，不值得。从背面打。”

一个男人发现有人跟踪他。他跑过街道，钻进一间电话亭。所有的号码不是占线就是无人接听。透过玻璃，他看见杀手们在等他。

为什么就算有那么多警告和威胁，离开对我而言还是如此艰难？是我热爱这样外在的压力，还是因为它与我的内在压力相仿？

**4.**

我们回到家。

火苗在炉灶里噼啪作响。

我们说起各自的职业。敬贺相遇，哀叹告别：词语难道不就是有时候能把你带到你已不在场的地方吗？生而为人难道不就是在任何一个地方的桌子上都能吃饭、喝水、写作吗？一个人进入的女人难道不是来自昨日或者明天？当一个固执的人失去祖国，当他所有的孩子和文稿都散落在那里，他最好明白这些事。

埃克托尔问起阿罗多。我告诉他我们一无所知。我们说起其他在押的、死亡的和被追捕的人；说起针对词语和联系的威胁与禁令。抓捕要持续到何时？背叛要持续到何时？

我们说起杂志。这一周，审查拒绝了圣地亚哥·科瓦洛夫①一篇作品。那是一篇反对毒品的文章，揭发毒品是恐惧的面具，坚称毒品催生保守派年轻人。审查方决定扣留原稿。我打电话通知他。他挂上电话以后，儿子小迭戈看见父亲一脸担忧，问他发生了什么。圣地亚哥回答说：

“他们不让我们说话。他们什么都不让说。”

小迭戈告诉他：

“学校老师也是这么对我的。”

**5.**

我们也聊到那些看不见的审查。

① 圣地亚哥·科瓦洛夫（1942— ）为阿根廷诗人、翻译家。

伯格曼和安东尼奥尼能想到通货膨胀和人与人之间的沟通不畅有关吗？从第一期到现在，我们的杂志价格已经翻了四十倍。一张白纸的成本永远比印刷过的纸高；而由于广告公司和代理商的阴谋，我们没有足够的广告可以弥补。我们在为谁说那仅有的一点被允许说的话？埃克托尔，这越来越像是两种沉默之间的对话。

还有威胁。威胁难道不也是一种审查吗？印刷厂注定逃不过被炸飞的命运。我们的人里，还没被囚禁或者杀死的睡在异国的床上，只剩一只眼睛。

## 6.

我们坐下来吃欧拉利娅给我们做的辣鸡肉。

基切讲了乌马瓦卡[①]的男人和魔鬼签下契约使自己隐身的故事。

在这张桌上吃饭对我有好处。我和他们分享面包、红酒、回忆和消息，一如旧日时光。那时候，这样的交流是有信仰的人的养料。

---

① 胡胡伊省小城，位于克夫拉达-德乌马瓦卡山谷（Quebrada de Humahuaca）。

7.

第二天早上，埃克托尔在楼下等我。

我走过去时还没太睡醒。

“我听了新闻。”他说，“我得告诉你一个坏消息，尽管你应该已经料到了。他们发现了米凯利尼和古铁雷斯·鲁伊斯的尸体。”①

① 1976年5月21日，流亡阿根廷的乌拉圭政治家泽尔马·米凯利尼（1924—1976）和古铁雷斯·鲁伊斯（1934—1976）被发现与图帕马罗的两名成员一起在布宜诺斯艾利斯遇害。秘密的兀鹰行动（Operación Cóndor）专门制造此类事件。它在美国支持下于1975年正式发动，旨在协调南锥体（Cono Sur）各右翼军政府合作铲除共产主义分子或颠覆分子。

## 布宜诺斯艾利斯，1976年5月：我打开今晚睡过的房间门

我一个人。我问自己：还有一半的我在等我吗？那一半在哪里？现在它在做什么？

喜悦会悲叹着到来吗？它眼中饱含泪水吗？万物的回答与神秘：我们是否已经相遇却又错失，甚至没有认出对方？

多奇怪的事——我不认识那一半，却想念它。我怀念一个尚未在地图上出现的国家。

# 常言道：前进中死去比停下死去更值

**1.**

那些人开着好几辆警用白色汽车，带着战时装备。一整个小时，一刻不停把古铁雷斯·鲁伊斯家洗劫一空。他们带走了他，带走了所有东西，甚至包括孩子们的杂志。几十米外就是好几家戒备森严的外国大使馆。没人干涉。

两小时后，他们去搜捕泽尔马·米凯利尼。

这天，米凯利尼正在庆祝生日。他住在布宜诺斯艾利斯市中心的一家酒店。他们从那里把他的一切都带走，连孩子们的手表都没能幸免。杀手们没戴手套，指纹到处都是。没人会费神去查。

警察局否认接到过任何举报，尽管古铁雷斯·鲁伊斯曾经是乌拉圭议院主席，米凯利尼担任过多年立法官。“那是浪费纸张。”警察们说。

第二天，阿根廷国防部眼都不眨地对记者宣布：“这是乌拉圭方面的行动。我还不知道是不是官方的。”

过了一段时间，在日内瓦，乌拉圭大使面对人权委员会的诘问回答说：“至于阿根廷和乌拉圭之间的联系，这种联系当然存在。我们为此感到骄傲。我们在历史和文化上都是兄弟。”

**2.**

几个月前，古铁雷斯·鲁伊斯大笑着来到杂志社。

他对我说：“我来给你发请柬。等到年末，我们一起去蒙得维的亚喝马黛茶。”

米凯利尼对我说过：

“兄弟，蒙得维的亚和布宜诺斯艾利斯哪个更坏？看样子我们得在酷刑折磨和后脖子中一枪间做选择了。”

他告诉我他一直接到恐吓电话。我没有问他为什么不走。和成千上万乌拉圭人一样，米凯利尼无法拿到护照。但是他不走不是因为这个。我不问他为什么不走，是为了让他不要问我为什么不走。走过墓地大门的时候，男孩子吹了一声强劲的口哨。

# 布宜诺斯艾利斯，1976年7月：大地吞噬了他们

雷蒙多·格莱策失踪了。总是这样的故事。他被人从布宜诺斯艾利斯的家中抓走，从此音信杳无。他拍了一些无法原谅的电影。①

我最后一次见到他是在2月。我们带着各自的孩子一起去海边吃晚餐。深夜，他向我说起他的父亲。

雷蒙多家来自波兰、俄罗斯边界上的一个小村庄。村里每家每户都有两面国旗和两张领导人画像，根据风云变幻选择使用。俄罗斯军队走了，波兰军队来了，诸如此类。那地方战乱不断，人们遭受无边寒冬和无尽饥饿的折磨。

① 雷蒙多·格莱策（1941—1976）为阿根廷左翼纪录片导演。致力于呈现拉丁美洲的现实与问题。以《墨西哥，冰封的革命》（*México, la revolución congelada*, 1971）在卢加诺国际电影节摘取金豹奖。该片一度在阿根廷、墨西哥等国被列为禁片。其他作品有《特雷利乌屠杀》（*Ni olvido ni perdón: 1972, la masacre de Trelew*, 1972）、《叛徒》（*Los traidores*, 1973）等。他于1976年5月27日失踪。

只有坚强的人和狡猾的人能幸存。大家都把面包碎块藏在地板底下。

对那个饱经患难的地区来说，第一次世界大战不是什么新鲜事，只是糟糕的境遇变得更糟。没死的人早上起来也是腿脚飘忽，胃里打结。

1918年，慈善夫人协会从美国寄来一卡车鞋。周围村落的饿鬼都来了，咬紧牙关争抢鞋子。这是他们第一次见到鞋子。那地方没人穿过鞋。身体强壮的人开心地抱着新鞋盒手舞足蹈地走开。

雷蒙多的父亲回到家，松开包在脚上的破布，打开鞋盒，试了左脚。脚抗议了一下，但还是穿进去了。穿不进去的是右脚。所有人一起用力还是无济于事。这时候母亲才注意到两只鞋的鞋尖朝着一个方向。父亲赶紧跑回分发中心。那里已经空无一人。

于是他开始追踪右脚的那只鞋。

此后几个月，雷蒙多的父亲走遍各个村落，追查那只鞋的下落。

走了很多路，问了很多人，他终于找到了。在山那边一个遥远的村子里，有人拿了同一号码的两只右脚鞋。那个人把两只鞋都擦得锃亮，放在隔板上。那是全家唯一的装饰。

雷蒙多的父亲拿出那只左脚鞋。

“啊，不。”男人说，“既然美国人是这么寄来的，就应该是这样。他们知道该怎么做。”

## 布宜诺斯艾利斯，1976年7月：街道之战，灵魂之战

沉没还是加入？抹去其他人还是召唤他们？孤独是一场骗局。我要像骆驼一样吞食自己的呕吐物吗？收草料的人有什么风险？最多是塞满布偶。

现实，他人：喜悦和危险。我想起斗牛，我抵御它们的冲击。我知道这对粗大的牛角可能顶穿我的股骨。

这些事情，我曾在长夜里与圣地亚哥·科瓦洛夫聊起，也曾在长信里写给埃内斯托·冈萨雷斯·贝尔梅霍。

# 系　　统

拉丁美洲的科学家纷纷移民，实验室和大学没有资源，所谓“跟我学”工业总是外国人开办的，收费奇贵。但是，为什么不认可拉丁美洲在发展恐怖技术方面做出的创新贡献呢？

在我们的土地上，掌权者支持大学针对酷刑手段、谋杀人类和思想的技术、培育沉默、繁殖无能、播种恐惧等方面的进步开展研究。

## 我从没听人谈过酷刑

十五年前，我在《前进》周报[1]工作，采访过阿尔及利亚的一位学生领袖。那时候殖民地战争刚刚结束。

我提出让他说说自己，这个阿尔及利亚人的嘴抽搐了一下。不过，在几个小时的采访里，他渐渐放下隐形的戒备，给我讲了他的故事，涌出历经七年战斗后胜利的泪水。他在阿梅齐亚尼城遭到酷刑折磨。那些人把他绑在一张金属床上，手腕脚踝都不能动弹，然后对他用高压电棒。

"你会觉得心脏不再存在，血液都流走了，全都在抖动然后消失。"

后来他被溺进水缸里。

被指着太阳穴连发空弹。

---

① 乌拉圭重要的左翼报纸，创刊于1939年。1974年底被军政府查封。

八个军人当着他的面强奸他的女同事。

那时候我没想过酷刑也会成为一种国家习惯。十五年前，我还不知道，我自己国家的监狱和牢房将来会因为过度用电而停电。

## 咖啡桌前的幸存者

还在蒙得维的亚时，有一天，我在大学旁边街角咖啡店吃鹰嘴豆饼配啤酒，看见雷涅·萨瓦莱塔[①]走进来。

雷涅瘦骨嶙峋，刚从玻利维亚来，不停地说话。

巴里恩托斯独裁政府把他抓进了马迪迪监狱，那是一座半边埋在热带雨林里的军事碉堡。雷涅说，每天晚上都能听到美洲豹和猪群像遭遇大灾难一样迁徙。空气总是热得沉重，黑压压全是蚊虫，河道凶险，又有水虎鱼，危机重重。进屋之前必须先用长竿打死一窝蝙蝠。

政治犯每天能领到一小把麦子和半根香蕉。想要更多的食物就必须跪下来给下士洗脚。

---

① 雷涅·萨瓦莱塔（1935—1984）为玻利维亚社会学家、政治家。曾任矿业和石油部长、外交官。马克思主义理论家，对玻利维亚当代左翼知识分子产生过重要影响。著有《玻利维亚：民族意识的增长》（*Bolivia: crecimiento de la idea nacional*，1967）等。

马迪迪监狱的士兵也是受处罚被发配到那里的，他们每天望着天空等待一架从不到来的飞机。雷涅帮人写情书。没人知道怎么才能让自己的女朋友收到这些信，但是士兵们很喜欢雷涅帮忙写的情书，他们会一直保存这些信，每过一段时间，就让雷涅给他们读一遍。

有一天两个士兵为了抢一头有女人名字的母牛拳脚相向，大打出手。

接着，雷涅给我讲了查科战争[①]期间发生在他一个朋友身上的故事。

---

① 1932至1935年巴拉圭与玻利维亚争夺皮科马约河（Pilcomayo）以北、巴拉圭河以西近二十六万平方公里的荒野北查科（Chaco Boreal）的战争，两国共损失十万人。这场战争部分起因于新泽西美孚石油公司和壳牌石油公司间的竞争。参见爱德华多·加莱亚诺《拉丁美洲被切开的血管》，第180—181页。

# 系　　统

## 1.

一个闻名拉美的花花公子在情人的床上吃了败仗。早饭的时候他道歉说："昨晚我喝多了。"第二天晚上，他把自己的失败归咎于疲惫。第三天晚上他换了情人。一周后他去看医生。一个月后他换了医生。又过了一段时间，他开始接受精神分析。在一个又一个疗程中，所有被潜藏或压抑的经历逐渐浮出表层意识。他记起：

1934年。查科战争。六个从前线逃脱的玻利维亚士兵在荒野上漫无目的地徘徊。他们是一支落败分队仅有的幸存者，在光秃秃的荒原上没看见一个人也没吃一口东西。这个人就是其中之一。

一天下午他们发现一个放羊的印第安女孩。他们追上她，把她扭过来强奸了。他们一个接一个进入她的身体。

这个男人是最后一个。轮到他的时候，他趴在印第安女孩身上，发现她已经没有呼吸了。

另外五个士兵围成一圈。

用步枪指着他的后背。

于是，在恐怖与死亡之间，男人选择了恐怖。

2.

同样的施刑人的故事一千零一次上演。

那些施刑的是什么人？五个性虐待狂，十个弱智，十五个精神病例吗？施刑的人在家里都是好父亲。

那些军人下班后，在家陪孩子们看电视。机器教导说，高效的是好的。酷刑是高效的：劫取信息，打碎良知，扩散恐惧。一场黑色弥撒的共谋就这样诞生壮大。不折磨别人就会被别人折磨。机器不接受无辜者，也不接受证人。谁能拒绝？谁能保持双手干净？小齿轮第一次呕吐，第二次咬紧牙关，第三次习以为常，完成自己的职责。过一段时间，齿轮转动着说出机器的语言：囚衣，看守，高压电棒，溺水艇，脚镣，电锯马。机器要求纪律严明。最有天赋的那批人最终心满意足。

要是施刑人病了，不能缺少他们的系统怎么办？

## 系　　统

施刑人是公务员。独裁者是公务员。这些带枪的官僚如果不能有效地完成任务就会失业。仅仅如此。他们不是出奇的怪兽。我们不要给他们这样的伟大。

## 法律入门

他来自布宜诺斯艾利斯，尽管几年的时间和工作已经让他在胡胡伊扎根，他还是觉得自己是个外人。一个不顺的日子，他心不在焉地用没有资金的支票付了车胎修理费。他被审判定罪，丢了工作，朋友在路上看见他都绕着走，没人请他去家里吃饭，任何酒吧都没人请他喝酒。

一天深夜，他去见自己的辩护律师。

“不，不，”他对律师说，“不要上诉了。我知道没用的。别管了。我是来告别的，给您一个拥抱，节日快乐。万分感谢。”

那天凌晨律师从睡梦中惊醒，跳起来摇醒妻子说：

“他祝我节日快乐，还有两个月才过节。”

律师赶紧穿上衣服跑出去，没有找到他。到了早上得知：那个男人开枪崩了自己的脑袋。

不久，判案的法官开始感觉胳膊奇怪地疼痛。癌症几个月内就吞噬了他。提起诉讼的检察官被马踩死了。顶替他工作的人先是不能说话，接着瞎了，最后半边身体都不能动了。法庭秘书的车半路爆炸起火。一个不愿参与此事的律师得罪了一个客户，客户掏枪打碎了他的股骨。

在雅拉的时候，埃克托尔给我讲了这个故事，我想起那些杀害格瓦拉的凶手。

下令杀人的是独裁者雷涅·巴里恩托斯。一年半后他在自己的直升机里被大火烧死。传递命令的是森特诺·安纳亚，他率领部队在尼亚卡瓦祖密林接近并抓捕格瓦拉。很久以后，他秘密谋反被当时的独裁者发现。一个春天的早晨，森特诺·安纳亚满身枪眼死在巴黎。做行刑准备工作的是指挥官安德烈斯·塞利奇。1972年，塞利奇被己方公务员棍打致死，他们都是内务部职业施刑人。执行命令的是中士马里奥·特兰。他在拉伊格拉的校舍里朝格瓦拉的身体开枪。特兰进了医院：口吐白沫，胡话连篇。向全世界宣布格瓦拉死讯的是金塔尼利亚上校。他向摄影师和记者们展览尸体。1971年，金塔尼利亚连中三枪死在汉堡。

# 布宜诺斯艾利斯，1976年7月：正午

卡利托打电话给我。他有几小时空闲。

我们在一个街角见面。买了一瓶没听说过的红酒，圣伊莎贝尔勃艮第：我们觉得在食品店咂着舌头推荐这款酒的老头很和善。

我们去一间借来的公寓吃饭，只一个房间，被单折好放在地上，总体而言整整齐齐。我喜欢那里的气味。

“这里一定住着一个女人，”我说，“一个好女人。”

“是的，”卡利托说，“她充满魔力。”

他告诉我，医生曾经说这个女人无法出生。有一天凌晨，她的母亲和星星做了交易。她生出来很健康，出生那天，有几头母牛死了。

红酒很美。味道浓郁，很适合在嘴里打转慢慢咽下。

我们聊着天，吃着饭。

然后卡利托就去上班了。我们相约周末在菲科的乡间别墅见面。

我还有点时间，就留下来在附近逛逛。我在一块草地上睡着了，秋天的阳光照在脸上。

醒来的时候，有两头大象在我旁边吃草。

# 写在墙上，喊在街头，唱在原野

## 1.

对我们而言，文化不仅止步于书籍、绘画、交响乐、电影和剧作的生产与消费。甚至不是从这些开始的。文化是人与人之间创造的任何相遇场所，对我们而言，文化包括所有集体记忆和身份的象征：证明我们是谁，对想象做出预言，揭发阻挡我们的力量。所以《危机》除了刊登诗歌、短篇小说和绘画，还通报学校里传授的历史谎言和大型跨国公司的密谋——他们不仅兜售汽车，还贩卖意识形态。我们的杂志拒绝这种推崇物质而贬低人民的价值体系，抵制用竞争和消费引导民众互相利用、互相击溃的阴险把戏。所以我们什么都管：地主的政治权力来源、石油企业、各类传媒……

2.

我们想与人民对话，想把话语权还给他们：文化是交流，否则就什么都不是。为了不失去声音，我们坚信一种全新的文化首先要听见声音。我们发表论述现实的文字，也以同等（甚至更大）篇幅刊登直接源自现实的文字。那些从街上、原野上、地道里摘取的文字、生活故事、大众歌谣：

上巴拉那的土著民唱着他们自己的痛苦，被文明包围，沦为种植园的奴隶或者被抢夺土地的人杀死：

> 你看那薄雾的源头，词语激发而生。我在孤独中怀抱的词语，让你的子孙守护，哈卡伊拉人伟大的心。让他们喊我“激发词语之雾的主人”。

政治犯在信中写道：

> 我要给你讲海鸥的故事，让你不再把它们与悲伤相连。

马德普拉塔[1]的围墙上无名的手写下：

我寻找基督，没有找到。

我找我自己。没有找到。

但是我遇见旁边的人，我们三个一起前进。

疯人院里的诗人去秘密地区游荡：

我在海里躺下。我在水中行走。我呼唤他：洛特雷阿蒙，洛特雷阿蒙。我对他说话。他说他爱我。我们在海里成为朋友，因为我们都曾在大地上受苦。

蒙得维的亚郊区小学的孩子们这样讲述征服美洲：

“我来教化你们。看我的船多美。”

“我不想被教化。我有家，有家人，赚得很多。”

“但我说得更好，你们就能像我一样说话。”

“别再胡说，滚一边去。”

工厂工人讲解他与太阳的关系：

---

① 阿根廷东部沿海城市，位于布宜诺斯艾利斯南约四百公里处。

你去上班的时候是晚上，下班的时候太阳已经落山。所以每天正午所有人都有五分钟时间去街上或者工厂院子里看一眼太阳，因为厂棚里看不见太阳。光能进来，但是你永远看不见太阳。

3.

不久之后发生政变，军政府发布新的媒体规范。根据新的审查条例，禁止刊登街头报道或者非专业人士关于任何话题的观点。

产权全盛期。不仅地主、工厂主、房子和人拥有私有财产：连话题都有产权。权力和话语的垄断让平民注定只能沉默。

《危机》就这样结束了。我们无能为力，我们明白这一点。

# 面包师唱歌，他很高兴有泥土筑巢

## 1.

“人是瞎的。”卡利托说。

他嚼着三叶草茎。

我们躺在草地上，离其他人远远的。冷白色的太阳几乎没有热度。

马蒂亚斯帮我们准备了烤肋排。我们吃着东西，大家三两成群地聊天。

卡利托告诉我他一辈子都在逃离自己人。他第一次有机会见到他母亲时，发现她是一个躺在床上的小女孩，只能断断续续说几句滑稽疯癫的话，爬都爬不起来。

“人是瞎的，”卡利托说。“有时候能猜到。只是有时。”

## 2.

一天晚上，魔幻般的作家萨尔兰加吃着小方饺讲他上周日在博卡主场[①]的遭遇。人群吞噬了他的一只鞋子，回家的地铁上，他一只脚光着，面色严肃。阿查瓦尔想起老豪雷切的故事，这个精明的老头把一件小丧衣卖给了某个衣着光鲜、色彩夺目的男人。

我不停地大笑，目光和一个叫埃伦娜的女孩相遇。

我喜欢这种愉快的吃饭方式。

她整个周末都和我们在一起，但是直到晚餐时候，我才发现她的印第安面孔仿佛西凯罗斯[②]的画中人。我在她浅绿色的眼睛里看见光芒，还有她干涸的哀哭，面颊的坚毅，非常温婉的嘴上划过一道伤疤：一个这样的女人应该被禁止，我惊悚地想。当时我还不知道这道伤疤来自一颗擦面而过的子弹，却已经注意到死亡的利爪也没有能力毁掉她的面庞。

然后大家玩牌。她连最后一粒鹰嘴豆都赌上了。她赢了。于是她把自己所有的钱都推到桌子中央继续赌。然后她输了，脸上没有一丝抽搐。

---

① 位于布宜诺斯艾利斯东南城郊同名区。

② 即戴维·阿尔法罗·西凯罗斯（David Alfaro Siqueiros，1896—1974），墨西哥左翼画家、政治活动家。擅长社会现实主义风格，以湿壁画著称。

深夜的寒冷里，我们一起走在路上。混沌的月光照着树盖摇摆，缓慢的波涛，树仿佛都活过来成了我们的同伙，世界在脚下温柔地旋转。

“这很好，很干净。”我说，或者是她说。

第二天晚上，布宜诺斯艾利斯下了暴雨。我们没在一起。那天晚上，我们在不同的街区，不同的屋顶下，彻夜未眠，听同一场雨落下。我们发现我们无法分开入睡。

3.

旋律与我们相遇，因爱之慵懒而显得散漫，它伸展开来，滑过空气，一个房间一个房间，直到遇见我们，风中那支箭懒懒飞来，《白色翅膀》[①]的旋律：房子的某个角落，埃里克吹着口琴哄儿子费利佩，旋律飘到我们当时所在的地方，恰好那一刻，我对你说，或是你对我说，活下来是值得的。

我的身体走过那么多路，那么多摔倒和迷失，它长大是为了遇见你。不是在港口，而是大海：所有河流停靠的地方，大船小船巡航的地方。

---

① 巴西歌手、诗人路易斯·贡萨加·多纳西门托（Luiz Gonzaga do Nascimento，1912—1989）创作的著名歌曲。巴西版《滚石》选为排名第四的伟大巴西歌曲。

## 4.

陷入包围，灭绝战争，城市被占领了。我们所有人挤在一张床上过了几夜。大家互相照看，留神脚步和言语。

但有天晚上，我至今不知因何而起，我们正对着布宜诺斯艾利斯最大的军营，开始在大马路上唱歌跳舞。总输球的网球冠军埃里克转得像个陀螺；阿查和胖子抱在一起蹦跶，宣布比森特统治所有帝国、君主国家和共和国的政府；比森特在地上打滚，跳高，高喊着生活多美啊摔断了一只脚。我和埃伦娜互相庆贺像是过生日。

军营的哨楼上，探照灯抓住我们的位置。哨兵举起枪，眨眨眼：这帮化了装在大街上跳舞的疯子是谁？

他没有开枪。

## 梦

半夜，你忽然惊醒，颤抖不安。

“我做了个噩梦。我明天讲给你听，等我们活下来。我希望现在已经是明天。你为什么不让现在是明天？我多希望现在已经是明天。”

## 记忆会允许我们快乐吗？

某一刻，疼痛突然开始，从此再没停过，你不召唤它的时候它也会来，乌鸦翅膀的阴影在你耳边反复说：“一个都不剩。没人能活下来。有太多错误和希望需要偿还。”

在科尔多瓦，萨拉森女人拉开那块破布，你看见你的兄弟丁的尸体，她一边抱怨炎热天气繁重工作，一边翻过尸体让你看背后的枪眼。你碰到自己潮湿的皮肤才发现自己哭了。

鲁道夫中弹倒地的时候，第一发子弹打到你的嘴。你伏在他的尸体上，甚至没有嘴唇去亲吻他。

后来……

那些最亲爱的人，他们一个一个倒下，因为行动、思想、质疑或者无为之罪。

那个留着胡子、目光忧郁的男孩一大早来到西尔维奥·弗龙迪齐[1]的灵堂，旁边空无一人。他在棺材上放了一个红得发亮的苹果。你看见他放下苹果，慢慢走远。

后来你知道那个男孩是西尔维奥的儿子。那天中午，他们正在吃饭，父亲要他去拿个苹果，男孩站起来去够苹果的时候，杀手们突然开火。

① 西尔维奥·弗龙迪齐（1907—1974）为阿根廷律师、法学教授。左翼革命团体发起人。工人革命党政治犯辩护律师。1974年9月27日被三A联盟处决队暗杀。

# 布宜诺斯艾利斯，1976年7月：一动不动的漫长旅途

沉睡城市心肺的律动。外面很冷。

突然，紧闭的窗户外面传来嘈杂人声。你把指甲嵌进我的胳膊。我没有喘气。我们听着拳打脚踢骂声不断的混乱，一个人发出长长的号叫。

然后，静默。

“我重吗？”

水手结。

美妙与安睡强过恐惧。

太阳照进来的时候，我眨眨眼睛，四个胳膊一起伸个懒腰。没人知道这个膝盖，这个手肘，这只脚，还有这个模糊说着早上好的声音都是谁的。于是这个有两个脑袋的动物心想（或者说出，或者宁愿）：

“这样醒来的人，不会碰上什么坏事。”

# 锁眼里看世界

那时候一切都是巨大的。一切：山顶上的石头房子，绣球花路，夜幕降临时，沿着这条路回家的男人们。周围长着野草莓，大地一片红色，让人想咬上一口。

你陪德达米亚奶奶下山去城里赶六点的弥撒。刚被水冲洗过的院子和小路散发夏日的芬芳。

德达米亚奶奶的抽屉里保存着她十个孩子的脐带。

当你穿着短袖衫从首都回来的时候，她说，“赤身裸体都是从布宜诺斯艾利斯传来的。”

德达米亚奶奶从来没让一道阳光照到她的脸，也从来不松开两只手。

她坐在背阴的摇椅上，两手叠放，说：

“我就在这儿。存在着。”

德达米亚奶奶手是透明的，蓝色血管，指甲非常干净。

## 锁眼里看世界

你从花店偷了一枝马蹄莲。你深深呼吸它的芳香。你踩着小步子慢慢穿过院子，穿过夏天的热浪，拳头里高高举着这朵颀长的花。院子冰凉的花砖对你光着的脚来说是一种快乐。

你走到水龙头那里。必须站到一个小板凳上才能拧开它。凉水浇在花上，浇在你的手上，你感觉到水一路淌到脚上，你闭上眼睛，在一种无法解释的愉悦里摇摆，就这样过去一个世纪。

“我的想法都掉了，妈妈。”后来你指着地漏解释说，“我的想法都掉到那里去了。”

# 布宜诺斯艾利斯，1976年7月：言语不如沉默有尊严时，最好保持沉默

1.

在玫瑰宫里，他们要求我们交出杂志社的活字版样和手稿。

“这个不行。这个也不能登。”他们说。

和军政府的最后一次会面：

我和比森特一起去。

在为杂志选材争论了一个小时之后，我们说起阿罗多·孔蒂。

“他给《危机》写文章，”我们说，“他被抓走了。我们什么都不知道。你们说你们没抓他，说政府与此无关。那为什么不让我们公布这条消息？这种禁令可能造成误解。你们知道外面会有不怀好意的人猜测……”

“你们有什么好抱怨的？”上尉说，“我们一直以正确的态度对待你们。我们接待你们，听你们说话。我们在这里就是为了这个。这是我们在政府里的职能。但是我提醒你们。这个国家正在打仗，如果我们在另一个地方见面，对待方式可能非常不同。”

我碰碰同事的膝盖。

“天晚了，我们走吧。”我说。

我们慢慢走过五月广场。

我们在广场中央站了很久，谁都没看对方。天很澄澈，周围是人和鸽子的嘈杂，青铜圆屋顶折射出太阳光。

我们什么都没说。

我们钻进一家酒馆去喝一杯，谁都没有勇气开口说：

“所以说阿罗多死了，对吗？”

因为害怕对方回答说：

“对。”

**2.**

杂志不再发行。

早上，我把同事们召集起来，对他们说话。我想展现出自己很坚定，想说出希望，但是浑身的毛孔都散逸着悲伤。我解释说这不是菲科、比森特或者我的决定；这是情势所逼。我们不能接受这场三年多的美好旅程以耻辱告终。《危机》不会向任何人低头：我们要像它活着的时候一样站着将它掩埋。

3.

倒空办公桌的抽屉，里面都是我的文稿和信件。我随机读着那些我爱过的女人和曾经是我兄弟的男人写过的话。我的手指轻轻拂过那台曾经为我传递过友好或威胁声音的电话机。

夜幕降临。同事们在几个小时前或几个月前都已陆续离开。我还能听见他们，还能看见他们；他们的脚步和声音，每个人曾经绽放的光彩，和离开时留下的一小缕烟。

4.

在蒙得维的亚的《时代》日报也是这样。你一走进那间狭小的编辑部，就会感觉被拥抱，尽管那里面已经没人了。

已经过去十年，却仿佛一瞬间。我现在活着的时刻用了多少世纪造就？我正在呼吸的空气又用了多少空气？过往的年月，过往的空气：它们留存在我体内，每当我心有所感，每当我披上魔术师的斗篷，戴上船长的宽帽或者安上小丑的鼻子，抓紧圆珠笔开始写作的时候，所有曾经的年月与空气就会增长蔓延。我写作，或者说是：我摸索，我巡航，我召唤。它们会来吗？

褴褛的舞台，大船，像你儿时的临时马戏团。在日报社，我们为了满溢的信仰每日工作，没有人要钱。经常有女孩来给大家拿利肝丸、打维生素针。我们年纪不大，满怀热情要做点什么，说点什么：我们快乐，固执，充满感染力。

每过一段时间我们就会被政府关起来，在警察局被威胁。面对这样的事情，我们很轻松，并没有多少愤慨。每个不出报的日子都用来攒钱出下一期。我、安德烈斯·古特立和曼里克·萨尔巴雷一起去警察总署办公楼，走到门口，会先互相道别以防万一。

今天我们能活着出来吗？谁也不知道。半夜，电传打字机已经因为我们没继续交钱被拿走了；电话线也被剪了；唯一的收音机掉到地上摔坏了。打字机色带没墨了，我们在夜里两点跑出去找纸卷。我们能做的只剩下从阳台上探出头去等着街角上演爱情片，可是我们连拍照片的胶卷也用完了。甚至着过火，烧毁了我们印刷作坊的机器。但是，无论如何，每天早上《时代》都出现在街头。上帝存在的明证还是团结的魔力？

那时我们还很年轻，不会后悔快乐。凌晨三点工作结束以后，我们会在编辑桌中间拉开球场的阵仗，用纸团踢球赛。有时候用一盘小扁豆或者一根黑烟就能买通裁判，于是一群人踢得鸡飞狗跳，直到印刷作坊送上来第一份样刊，散发着油墨香，沾着指印，刚从轮转印刷机嘴里吐出来。这是出生。然后我们就拥抱着走到大道上等日出。这是仪式。

谁能忘记那些美好的家伙？我现在的兄弟们身上不也能认出当时的脉搏、当时的声音？我的记忆有什么用吗？我们想打碎撒谎的机器……记忆。我的毒药，我的食物。

# 诗人说："树在离开它的鸟里飞翔"[1]

## 1.

一天下午，蒙得维的亚，1960年还是1961年的夏天，我发现我再也不能忍受每天都在特定时间打好领带穿上丝光外套，数钱找钱咬着牙说早上好。我关上柜台，做好账，签上字，对银行经理说：

"我走了。"

他说：

"还没到点。"

我说：

"我彻底走了。"

---

[1] 巴西诗人费雷拉·古拉尔（Ferreira Gullar，1930—　）的诗句。

我第一次去布宜诺斯艾利斯。

那时候我二十岁。在布宜诺斯艾利斯不认识几个人，但是觉得自己能解决。

一开始我感觉很糟，非常恐怖。我感觉孤独，时刻被人群、炎热和缺钱追杀。

我在一家杂志社[①]工作了一小段时间，直到某个周一，我、奇基塔·孔斯滕拉和巴勃罗·朱萨尼一起到编辑部，发现整幢大楼都被部队包围。当时正在铁路大罢工。那些工人焚烧车厢，我们的杂志觉得他们干得不错。士兵们把我们的大门炸翻了。

我有一周没见任何人，把自己埋进一个不要身份证件也不做任何盘问的出租屋。我整天整夜把自己裹在床上，大汗淋漓，悲伤不已，因为隔壁传来的尖叫、大力关门声和爱的呻吟而无法合眼。

**2.**

在布宜诺斯艾利斯最初的那段时间给我留下一幅画面，我不知道是真的经历过还是某晚做的噩梦：人群拥堵在一个地铁站，空气黏稠，窒息感，地铁一直没来。大概

---

① 《切》(*Che*)杂志社。

过了半个小时，听说有个女孩在上一站跳轨自杀。一开始是静默，有小声的议论，像在灵堂里："可怜的姑娘，太可怜了。"但是地铁还是一直不来，大家上班都要迟到了，于是人们不耐烦地跺着脚说："她干吗不去别的线路跳？非要在这儿跳？"

我过了河，发誓再不回来。但是我回来了，很多次。1973年初，菲科·沃戈柳斯让我担任一本新杂志的主编，这本杂志就是《危机》。

**3.**

1976年年中，我必须离开，别无他选。

很艰难。这座我当年厌恶的城市带给过我危险、喜悦与爱。法国广场的木兰为多少人遮过阴？每当我走进拉莫斯、乌鸦或者巴辛酒馆的时候，又会想起多少人？

中午时分，在拉莫斯，酒保马诺洛往地上扔花生，就会有鸽子抛下人行道上的阳光，踱进来用餐。我和马诺洛一起望着大道上的行人。

"你最近怎么样？"

"和这个国家一样。"

"凑合活着？"

"谁？我吗？"

“我说，国家。”

“靠撒谎活着呢，可怜的。”

**4.**

出发前夜，我和埃伦娜一起同阿查瓦尔、卡利托·多明格斯吃饭。阿查举起酒杯说：

“敬那些美好的事。坏事我们已经都知道了。”

阿查瓦尔住得很远，离布宜诺斯艾利斯一个多小时的路程。他不想留在城里过夜，因为清晨独自坐上火车非常悲凉。

每天早晨阿查坐九点整的火车去上班。他总是上同一节车厢坐在同一个位置。

他对面总是坐着一个女人。每天，九点二十五，这个女人下车一分钟，总是同一站，一个男人在站台同一个地方等她。女人和男人相拥接吻，直到火车出发铃响起，女人告别男人，回到车上。

这个女人总是坐在他的对面，但是阿查从没听过她的声音。

一天早上她没有来，九点二十五分，阿查透过车窗看见那个男人等在站台上。过了一周，男人也消失了。

# 街道之战，灵魂之战

忽然之间，你就置身别人的天空下，那里的人说话和感受的方式都不一样，再没人分享记忆，也没有可以相认的地点。必须振臂一搏才能赢得面包和梦想，你觉得自己是残缺的，少了那么多东西。

你想啜泣，思乡与死亡的黏稠控制你，你冒险倒退着活，缓慢死去地活，只有这样才能让这个蔑视活人的体系显得合理。从小，我们就已经在灵堂的伪善里学会死亡是一件能让人变好的事。

# 风中岁月

## 1.

那个荷兰人从一堆死船中间探出脖子。蓝色帽子里挂出一缕白得异常的头发。他没跟我打招呼。长脸上那双透明的大眼睛目不转睛地看着我。我在残缺的船体旁边坐下来，他用手锯把桅杆截成小段，坚韧而耐心。

荷兰人和海鸥打了起来。他说它们抢了他的午餐。我费了很大劲儿才让他相信我出现在那里只是出于兴致。船坞离我家十来个街区，午后的阳光里，沿街而下走到海边十分惬意。有时候那个荷兰人会让我帮他干活。我在船与船之间跳来跳去，拯救锈死的船锚、破碎的舵柄和焦油味的缆绳。

他在沉默中工作。心情好的下午会给我讲海难、暴动以及在南方海上捕鲸的故事。

## 2.

1970年，美洲之家①请我去古巴做竞赛评委，我下到码头跟荷兰人告别。

“我在哈瓦那住过。”他说，“那时候我很年轻，有一身白西装。我在一艘货船上工作。我喜欢那个港口，就留下了。吃早饭时，我在日报上读到一则广告。一位法国贵妇想找一个有教养的帅气青年。我洗了澡，剃了胡子，穿上和西装配套的鞋。贵妇的房子在大教堂旁边。我走上楼梯，用手杖叩门。门上有个很大的门环，但我还是用了手杖。门开了。那个法国女人完全裸着身体。我目瞪口呆。然后我问：该称呼您夫人还是小姐？”

我们哈哈大笑。

“好多年前的事了。”荷兰人说，“现在我想拜托你一件事。”

① 古巴政府于1959年创立的文化机构，设有出版社、研究中心和图书馆等。主办美洲之家文学奖，为拉丁美洲文学最重要的奖项之一。

**3.**

我到古巴后不久就去了哈瓦那的卵石山。我进不去。那里是军事禁区。我找了很多人也没得到许可。

回到蒙得维的亚以后，我去船坞那里看荷兰人工作看了很久。我抽了两三根烟。制糖厂的烟雾从山底腾起。荷兰人没问我任何事。我告诉他，在哈瓦那，我看见他1920年用钉子在卵石上刻下的爱语完好如初。

# 格兰迪埃拉[①]纪事

## 1.

1964年年中，我第一次去古巴。那是大封锁的年月：禁止所有人和货物出入境。

我们先去了利马，然后是墨西哥。从墨西哥去加拿大的温莎和蒙特利尔。我们在蒙特利尔等了五天——汽车钢壳上刻着“美丽外省”；湖边木牌上写着“个人财产”——接着去了巴黎，从巴黎到了马德里。

清晨我们的飞机落地马德里。我们只须在大洋洲再停一站。不过在马德里，我们得知，前往哈瓦那的飞机当晚起飞。

① 古巴东端关塔那摩省（Guantánamo）地区。字面含义为伟大的土地。

我和雷娜决定去普拉多博物馆。雷娜是和我一起去参加蒙卡达周年纪念[①]仪式的代表团同事，一位聪明的胖老太太，家里几代都是老师，眼里总是闪着不竭的智慧光芒，叹气的方式也很独特。这场漫长的旅途让我们成为朋友。

古巴的大封锁让我在那个下午得到了一直以来梦寐以求的经历：去看看埃尔·格列柯画出的骑士，委拉斯开兹的光线（不用再被复制品糊弄），还有戈雅的暗黑绘画，那些从他灵魂中诞生的怪兽，在聋人之家里陪伴画家直到他死去[②]。

我们走到博物馆门口。普拉多大道在那个澄澈的夏日午后美妙万分。

“进去之前我们不去喝杯咖啡？”

人行道上有很多小桌子。我们点了咖啡和干雪利。

雷娜讲起她的第一段婚姻，虽然没什么怨恨，却也厌倦无比。很多年里，她一直当一个传统的母亲和女主人。有天晚上，在宴会上，有人介绍她认识了一位先生。她伸出手，他握紧她的手没有放开，平生第一次，她感觉到奇

---

① 应指7月26日，即攻打蒙卡达军营纪念日。1953年这一天，菲德尔·卡斯特罗率军攻打位于古巴东南部圣地亚哥-德古巴（Santiago de Cuba）的军营，打响古巴革命第一枪。该军营古巴革命胜利后称蒙卡达军营，以纪念领导古巴独立战争的二十九位将军之一吉列尔莫·蒙卡达（Guillermo Moncada，1841—？）。

② 暗黑绘画是戈雅晚年在马德里西南城郊的寓所（因前房主为聋人，故称聋人之家）墙上所作十四幅以战争、死亡和疾病为主题的壁画（1819—1823）。以《农神噬子》（*Saturno devorando a un hijo*）为代表。

怪的电流，突然意识到自己的身体直到那刻之前都活在静音的世界里，没有旋律。他们没说一句话。雷娜再也没有见过他。而且，这个改变她人生的男人叫什么名字长什么样，她已经记不起来了。

我们要了更多的咖啡和雪利酒。

雷娜继续说她的一段段爱情，我都没注意到时间流逝。等我们想起来的时候，已经很晚了。我们没去成普拉多博物馆。我都忘了还存在普拉多博物馆。

我们大笑着上了飞机。

## 2.

六年之后，我重返古巴，革命正在经历最艰难的时期。千万蔗糖计划失败，集中气力发展蔗糖作物的国家经济遭遇重击。最后，孩子们终于有了牛奶和鞋，但是工厂的食堂里，肉成了奇迹，有的蔬菜和水果只存在于记忆中。

菲德尔·卡斯特罗用沉重的声音，对人群念出惊人的数据："这就是古巴经济的秘密。"

"是的，帝国主义先生们！建立社会主义是艰难的！"他说。

革命击垮了高墙。现在房子、衣服、食品、知识、健康和民族尊严属于每一个人。但是，难道这个国家不是千百年来已被驯化成无能和退缩？生产怎能赶上消费的突飞猛进？刚刚学会用自己的脚站立的古巴怎么跑得起来？

夜幕落在巨大的广场上，菲德尔还在继续讲危机与困难。关于错误讲得更长。他分析了无组织性的缺点、官僚主义的偏离和已经犯下的错误。他承认自己缺乏经验，有时候太过理想主义，他指出有人认为他之所以出现在那里是因为他喜欢权力和荣耀。

“我把我最好的岁月都献给了这场革命。”他说。

他皱着眉头发问：

“荣耀是什么？一克玉米装得下全世界的荣耀！”

他解释说，一场真正的革命造福的是未来，是未来的人。

面对追捕、封锁和威胁，古巴革命的脉搏跳得太快，已经喘不过气了。

“敌人说，在古巴，我们有困难。”菲德尔说。

人群沉默地听着，脸和拳头都抽搐起来。

“这一点敌人说得对。

“敌人说在古巴人们有不满。这一点敌人说得也对。

“但是有一件事敌人说错了！”

他用雷鸣般的声音保证过去再不会回来，保证古巴再不会回到殖民地种植园时代的地狱，不会再遭受帝国主义的侮辱，群众发出山呼海啸的回应，喊声动摇大地。

那天晚上，各国的电传打字机疯狂宣布菲德尔·卡斯特罗即将倒台。那些记者早已习惯谎言，甚至没有理解真相的胆量。那天晚上，菲德尔的真诚展现了革命的伟大与力量。我有幸在场，至今难忘。

**3.**

博拉·德聂维[①]在他哈瓦那的家中，追问我关于蒙得维的亚和布宜诺斯艾利斯的问题。他想知道那些他三四十年前就认识并热爱的人和地方现在怎么样了。没过多久，我发现继续说“已经不在了”和“已经被忘了”没有任何意义。我想他也意识到这一点，因为他突然开始谈论古巴，他管这个国家叫约鲁巴－马列主义综合体，同时拥有非洲的巫术和白人的科学，无往不胜。接着，他讲了几个小时付钱请他唱歌的上流社会的八卦：“罗萨莉娅·阿夫雷乌养了两只猩猩。她给它们穿上工装裤。一个服侍她吃早餐，一个和她做爱。”

他给我看他的朋友阿马利娅·佩莱斯的照片：

“她死的时候还是个处女。从来没有过情人。男的女的都没有。”

---

① 博拉·德聂维（1911—1971）为古巴钢琴演奏家、词曲作家。

他承认自己害怕活公鸡和野猴子。

他坐在钢琴前，唱了《睡吧，黑女孩》。然后，他唱了《啊，伊内斯妈妈》，还模仿了卖花生的吆喝。[①]他的声音很疲惫，不过每次声音低落下去都依靠钢琴的帮助重新高昂起来。

突然歌声中断，他的双手停在空中。他转过来一脸惊愕地对我说：

“钢琴相信我。它全都相信。全部。”

## 4.

我在美洲之家的工作结束以后，塞尔希奥·查普雷提议我们一起去格兰迪埃拉旅行。

我们挤在一个胡桃壳里飞过雨林上空，在古巴的末端落地。海地蓝色的群山在地平线上闪耀。

“不，不。”马吉托说，“古巴不是到此为止，古巴从这里开始。”

尽管靠近大海，迈西角[②]上的土地很干。旱灾波及所有的蔬菜和四季豆作物。这里四面穿风，吹走了云，雨也随

---

① 《睡吧，黑女孩》和《啊，伊内斯妈妈》都是古巴钢琴演奏家、词曲作家埃利塞奥·格雷内特（Eliseo Grenet，1893—1950）的作品。

② 古巴最东端的海岬。

之走远。

马吉托带我们去他家喝杯咖啡。

进门的时候，我们惊醒了一头睡在门口的母猪。它暴怒不已。我们在孩子、小猪、小山羊和母鸡的包围下喝了咖啡。墙上挂着圣巴巴拉①像，旁边有两尊佛像和一尊耶稣圣心②。点着许多蜡烛。上个礼拜，马吉托刚刚失去了一个孙女。

“时候到了。她一点血色都没有；完全是一朵棉花。时候到了什么都没用。我们每个人都有个时候。不过，偶尔还没到时候就有人给你点了蜡烛，接着你就会好起来。三十七年前我就是那样，别人都说我撑不到第二天早上。”

大门敞开着，我们看见渔民从门口走过。他们出海归来，长竿上挂着海鲷和鲈鱼，已经清洗撒盐，等待晒干。路上灰尘在他们背后扬起云雾。

这里出现第一架直升机的时候，人们惊恐万状地逃窜。直到革命胜利之后，他们还在靠臂力把重伤员放到担架上抬出雨林，伤员没到巴拉科阿③就已经不行了。但是我们的小飞机降落新机场的时候已经不会吓到任何人；而且大胡

① 3世纪时殉教的女基督徒，后被尊为圣徒。
② 即耶稣圣心像。耶稣被表现为心露于外的形象，象征对世人的大爱。
③ 迈西角北边的城市。

子们早在亚诺斯平原开设了第一家医院。

“血气之人不能容忍任何侮辱。”马吉托说，“这是我的缺点。如果我有敌人，也都是隐藏的。我会跳各种民间舞，喜欢喝酒作乐，我是个忠实的朋友。从这儿到山顶，所有人都认识我。”

他提醒我们说：

“我们这儿的人都不是坏脾气。我们吃苦耐劳，却从不争斗，那上面的人，格兰迪埃拉的人，比蓝蚊子还坏。”

**5.**

路上，光芒刺眼。风从下面吹起来，打着漩涡，给所有人和东西都罩上一层红灰。

这里的人痛恨蝙蝠。每天晚上蝙蝠都从洞里出来，直直扑落到咖啡上。它们咬坏麦穗，吸走里面的汁液。麦子干枯而死。

**6.**

大海上方的峭壁是上帕塔纳。脚下对着礁石的是下帕塔纳。那里所有人都姓莫斯克达。

堂塞西略说：“我有天晚上数了数，从儿子到孙子一共大概有三百人。家里已经没有女人了。我今年八十七岁。以前在那下面养山羊、牲口和猪。现在看样子种咖啡种出了运气。我打过鱼吗？打过鱼还是犯过罪？我还记得吗？”

他朝我们挤挤眼：都留着呢。

“有的东西会留在记忆里，留在血脉里。”

他笑起来，露出没有牙的牙床，补充道：

“莫斯克达是人数最多的姓，一直在翻倍。”

我们渴了，堂塞西略·莫斯克达从摇椅上跳起来。

“我上去。”他说。

他的一个孙子（还是重孙）布劳略抓住他的胳膊让他坐下。

布劳略用脚抓牢树干爬上一棵高树。在树枝上找好平衡，手里拿着大砍刀。一阵椰子雨落了下来。

堂塞西略对录音机产生了兴趣。我给他演示怎么操作。

“这个机器是真正的科学，”他表示，“它能保存死人的声音。”

他抓抓下巴。食指点着录音机说：“我想让你把它放在那儿。”一边说话，一边闭着眼睛前后摇摆。

布劳略是看守族长的头儿。由孙子和重孙组成的纵队日夜轮班。一不留神堂塞西略就骑马逃走，一路狂奔穿过雨林，破晓就能到达巴拉科阿，去向那里的一个让他痴狂的女孩献殷勤，有时候他会一路骑到更远的蒙特克里斯托，去给另一个让他辗转难眠的女孩唱小夜曲。

堂塞西略觉得革命不是坏事。

“以前人们都住得很远，傲慢的家伙。现在文化有了交流。”他解释给我听。

他发现了收音机。家里的鹦鹉从中学会了一首披头士的歌，堂塞西略知道了一些发生在哈瓦那的事。

“我不喜欢海滩。基本不去。但是我听说哈瓦那有一样东西叫比基尼，女人们到处露着，然后就发生了一些事。难道你的女人不应该只有你能看吗？不是你来帮她吗？我是那种喜欢规矩的男人，所有的胡闹都是从海滩和舞会上开始的。我的女人怎么穿衣服？从头上穿，小伙子，脱的时候从脚下脱。”

他还很担心离婚。他听说有很多人离婚，而且人们还不把离婚当回事。

“但是，堂塞西略，”塞尔希奥插嘴说，“您真的有过四十几个女人吗？”

“四十九个。但我从来没结过婚。结婚就会搞砸。”

我们想接着套他的话，但是堂塞西略绝口不提他的宝藏。这里所有人都知道他有一份宝藏埋在某个山洞里。

## 7.

我们前往一个名叫机器的小村庄。

卡车一路捎人。大家都要去开大会。

“普拉西多，上来，走吧！普拉西多，你逃不了的！”

“他们没通知我！”

等车的人都穿着刚洗好熨好的衣服，老妇人戴着色彩鲜亮的帽子，女孩穿上节日服装，男人都被新鞋磨得一瘸一拐。上车以后，沿途的灰尘立刻罩上所有人的皮肤和衣服，大家闭上眼睛：通过声音互相辨认。

“堂塞西略？他可是个远古老头。一百多岁了。”

“他到死也不会说出宝藏埋在哪儿。没人会为他祷告。”

“奥尔米蒂亚，你怎么说？”

“让他不得安息，伊赖达。”

“怎么安息得了啊。那么多罪过，还有那么重的土盖在上面。”

“我身上很多土吗？”

“我看不见你，乌尔比诺。”

“刚好够用。没多的。”

“阿尔孔尼达，没人问你。”

卡车一跳一跳的。树枝打在我们脸上，各色蜗牛从树上掉下来。我在颠簸中往口袋里塞了一把蜗牛。

“别害怕，还没到世界末日！”

“世界才刚刚开始，乌尔比诺！”

同行的还有几个孩子，两条狗和一只鹦鹉。每个人都尽可能挂在什么东西上。我抱住了一个水桶。

发动机时不时熄火，我们就得下车去推。

乌尔比诺说：“除了滚蛋，大家什么都选我。”

还有很远的路，车胎突然爆了。

“没法修了，它死了。”

于是大家浩浩荡荡地走着上路。

只差一个上坡了。

男人女人，小孩动物，唱着歌向山上爬。

“我的声音飞起来了，看见没？我的肺多大！”

汗水和灰尘混在一起，黏黏糊糊的，野兽般快乐，夏天的太阳照着，下午三点的太阳，毫不留情地惩罚着所有的人。

我死的那一天  
谁会想起我？  
只有那口  
我喝水的瓮。

跛子乌尔比诺抓着我的衬衫往前走。

“我唱我知道的，唱给全世界听，我不欠这世界什么，也不怕它。你知道这个调子吗？是我们这儿的，叫内龚。是帕塔纳的调子。不过是下帕塔纳的。用响葫芦吹。还有四根弦的吉他，也是我们这儿的发明。帕塔纳这种荒山，我们必须自己发明。”

棕榈树顶在炽白的热度下燃烧：抬起头就会觉得晕眩。我心想：这时候要是来一杯冰啤酒简直像输血。

“这里发生了一万件菲德尔不知道的事。”乌尔比诺说，“你去哈瓦那告诉他给我派那些说好的东西来。别忘了。”

他给自己的木工作坊买了一台发电机。他之前咨询过，听说买了这台发电机除了给全村人做家具，还能让全村都有电灯。但是发电机从来没工作过，村里人都嘲笑他：这就是一堆废铁，乌尔比诺，这个发电机是一个巨大的包裹，把你装进去了。

“要是没有这个发电机，我们就还得继续待在黑暗里。明白吗？你去让菲德尔给我寄东西来。就是能让它工作的东西，所有应该填在里面的东西。”

过了山坡我们看见最前面几间木房子。几头野牛穿过土路狂奔而去。香蕉树上挂着紫色花骨朵，鼓鼓的，快开了。我停下来等一位老妇人，她长长的绿裙子拖在地上。

"我年轻的时候能飞。"她对我说，"现在不行了。"

全格兰迪埃拉的人都在大会上。没人抱怨什么，笑话和歌曲一个接一个，直到轮到一个金发农民发言，高颧骨，面庞坚毅，他讲到组织和任务。他是这个地区最重要的农业机械化技术员。

然后他请我和塞尔希奥吃炸香蕉。

他二十五岁才学读书写字。

**8.**

我们攒了一大堆彩色蜗牛。一个一个用针掏空，放在太阳底下晒干。这些微型奇观让我震惊，小小的，设计颜色各不相同。它们住在树干上，躲在宽大的香蕉叶底下。每只小蜗牛都把自己的房子画得比毕加索和米罗更好看。

我在帕塔纳得到了一只罕见的蜗牛作为礼物。它叫艾尔米塔尼奥①。我费了很大劲儿才把它掏空。小蜗牛躲在长长的鬈发般的壳的最里面，已经死了却拒绝出来。艾尔米塔尼奥蜗牛气味很难闻，却是罕见的美丽。铜色凹纹的外壳呈现出马来人的匕首的形状，看起来不像是用来像陀

① 字面意为隐士。

螺那样粗鲁地旋转，而是用来展开飞翔。

**9.**

奥雷利奥告诉我们别人警告他：“别去帕塔纳。他们把人烧死偷偷埋起来。而且，那里人走路快得像鬼。”

我们当时在拉亚松森[①]。白天奥雷利奥陪我们去各种地方。晚上他不睡觉，留下来陪我们。直到有人在楼下吹三声口哨，奥雷利奥就从窗口跳下去，消失在枝叶里。过一会儿他就回来了。在自己的床上抽烟到天明。

“奥雷利奥，你着魔了。”塞尔希奥对他说。

他会在夜里任何时候捶我们的门。

他害怕噩梦。他集中精力想象圆圈里的一个点，等到总算睡着了，就会有一颗硕大的钉子扎进他的胸膛，或者一块巨大的磁石让他无法摆脱，或者一个铁活塞把他压在墙上，折断脊椎。

奥雷利奥当过兵，七年级的炮兵。

“他们想让我退伍。我求他们再等等。我还坚持是因为我喜欢。”

他曾经试图跑去委内瑞拉参加战斗。他和其他几个拿

---

① 委内瑞拉北部城市，位于加勒比海玛加丽塔岛（Margarita）。

奖学金的男孩就要上路的时候被抓了回来。菲德尔对他们说他们还年轻，最好去上学。

“我坐着一架小飞机去格兰迪埃拉的时候，以为自己是去执行任务的。我在委内瑞拉和玻利维亚当过邮递员。警察在机场等着我。我从一列火车顶上逃脱。”

## 10.

有天清晨，我们在村口遇见奥雷利奥。他一手拿着树枝，一手拿着砍刀。他跟我们说他来打蛇。他在岩石缝和灌木丛里找到蛇，切头断骨。

他给我们展示自己的大砍刀，从他父亲那里传下来的。

“有一次，在卡马圭①，海地人马蒂亚斯把它拿走过。不是强抢。他们很懂这一套。我举起砍刀对他说：看好我要来打你了。老马蒂亚斯碰都没碰我。他双臂抱拢，再松开，我就什么都看不见了，我也不知道，紧接着砍刀已经握在他手里了。”

酒馆里进来一群女孩。

“蜗牛壳是干什么的？”其中一个问，“小咖啡，是你的吗？”

① 古巴中部同名省首府，该国第三大城市。

奥雷利奥脸红了。

塞尔希奥悄声推荐：

“那个瘦的够味。”

她们讨论着：

“各种颜色是为了不同的品味。”

“穿衣风格没什么参考价值。不影响人本身。”

“是吗。那最好的婚纱就是皮肤。”

“女人一辈子就结一次婚。”

“那要是最后发现那个男人是个笨蛋？你得跟他住在一起，才能知道。”

“纳尔达，说说看。这儿有个人说为恋爱必须……”

“反正我的道德标准比图尔基诺峰①还高。”

“我的天哪！看来我们这儿坐着一个老派，我忍不了了。”

那个瘦女孩叫毕斯马尼亚。她不喜欢自己原来的名字，就选了这一个。

**11.**

附近有一队人正在砌墙。我们主动要求帮忙。

---

① 古巴东南部马埃斯特腊山脉（Maestra）山峰，海拔二〇〇五米，为该国最高点。

“那群女孩，我一个都不喜欢。”奥雷利奥说。

我们一直干到傍晚。三个人都一身白石灰和硬邦邦的水泥。

奥雷利奥向我们坦白他是追随一个女孩来到格兰迪埃拉的。他们在哈瓦那相识，当时她在那里上学。现在她被锁在家里。每天晚上在窗下吹口哨的就是她派来的信使。这样她就能在树枝中间和他短暂相会。

但是那天晚上，没人吹口哨。奥雷利奥也没来捶门。

第二天我们没看见他。

我们问起他的时候他已经飞回哈瓦那了。

“他想抢走那个姑娘，”村里人告诉我们，“他父亲派了人来找他。”

奥雷利奥的父亲是第一上尉，领上三道杠。

富尔亨西奥·巴蒂斯塔乘飞机逃亡后四天，六岁的奥雷利奥在巴拉科阿海滩上看见一个高大的男人走过来，胡子长到胸口，穿着橄榄色的军装。

“快看，”母亲对他说，“那是你爸爸。”

奥雷利奥跑过去。高大的男人把他举起来抱住。

“别哭，”他对他说，“别哭。”

# 消　息

来自乌拉圭。

一个来自萨尔托[1]的女孩被折磨致死。另一个囚犯自杀身亡。

这个囚犯已经在自由监狱关了三年。有一天他狡辩了几句，或者也许是看上去不自然，或者某个看守心情不好，总之他被送进了惩罚狱。人们管那里叫孤岛：与世隔绝，挨饿，窒息，岛上的囚犯不是割腕就是变疯。这个囚犯在惩罚狱待了一个月后上吊了。

这样的消息很常规，但是有一个细节引起我的注意。这个囚犯名叫何塞·阿蒂加斯。

---

① 乌拉圭西北部同名省首府。

## 街道之战，灵魂之战

我们有能力学会谦逊和耐心吗？

我是这个世界，但是只有很小的世界。一个人的时间并不是历史的时间，尽管不得不承认，人原本希望如此。

# 系　　统

我想起五六年前米格尔·利丁给我讲的事。他去兰基尔山谷拍《应许之地》，那是智利的一个穷地方。①

当地农民给电影的大场面当群众演员。一部分农民本色出演自己，另一部分扮演士兵。士兵入侵山谷，用血与火强夺农民的土地。电影记录的就是那场屠杀。

第三天，问题开始了。穿军装的农民骑在马上，随便开枪放空弹，他们专断残暴，每天拍摄结束后继续追捕其他农民。

---

① 《应许之地》完成于1973年，约在此时，米格尔·利丁（1942—　）开始了流亡生活。他是智利最重要的导演之一。以《纳胡尔托罗的豺狼》（*El Chacal de Nahueltoro*, 1969）赢得国际隆誉。编导约十八部影片，据阿莱霍·卡彭铁尔同名小说改编的《方法的根源》（*El Recurso del Método*, 1978），秘密回国拍摄的纪录长片《智利》（*Acta general de Chile*, 1986）最引人瞩目；加西亚·马尔克斯据后者拍摄过程写有纪实作品《米格尔·利丁的冒险》（*La aventura de Miguel Littín clandestino en Chile*）。有两部作品取材于萨尔瓦多·阿连德生平：纪录片《总统同志》（*Compañero Presidente*, 1971）和故事片《迷宫中的阿连德》（*Allende en su laberinto*, 2014）。

## 街道之战，灵魂之战

我当过多少次独裁者？多少次审判官？审查官？监狱长？我多少次禁止我最爱的自由和言语？我当过多少人的主人？我定过多少人的罪只因为他们犯下不成为我的罪行？难道对他人的私有权不比对东西的所有权更令人厌恶？我利用过多少我以为处于这个消费社会边缘的人？当我高声咒骂成功价值的时候，难道没有内心深处隐隐希望或庆幸别人的失败？谁不在心中这样重建这个造就他的世界？谁能免于混淆兄弟与敌人？免于混淆他爱的女人和他自己的影子？

# 街道之战，灵魂之战

写作，有意义吗？这个问题沉沉坠在我的手上。

词语的关隘，词语的火化，词语的墓园聚集起来。为了被迫屈从于一种不属于我们的生活，我们不得不接受别人的记忆充当我们自己的记忆。戴上面具的现实，胜利者讲述的历史：也许写作只是在无耻的时代尝试挽救未来的证言，那声音将证明我们曾经存在于此，我们曾经这样活过。一种为那些我们尚不认识的人保存“每样东西的名字”的方式。那些不知道自己从何处来的人，怎么能弄清该往何处去？

## 艺术史入门

我和妮科尔、阿杜姆一起吃晚餐。

妮科尔说起她认识的一位雕塑家，那个男人才华横溢，小有名气，在一间巨大的作坊里工作，身边总是围着许多孩子。整个街区的孩子都是他的朋友。

有一天市长委托他给市镇广场雕刻一匹骏马。雕塑家开始工作，爬上梯子，用锤子和凿子敲敲打打。孩子们仰望着他工作。

紧接着，孩子们分别去山区或者海边度假。

等到他们回来的时候，雕塑家向他们展示已经完工的骏马。

其中一个孩子睁大眼睛问他：

“可是……你当时怎么知道这块石头里有一匹马？”

# 消　　息

来自阿根廷。

路易斯·萨比尼已获救，可以离境。他失踪于1975年底，一个月后我们知道他被关进监狱。阿罗多·孔蒂踪迹全无。那些人去胡安·赫尔曼布宜诺斯艾利斯家中搜捕，他不在，就抓走了他的儿女。女儿几天后被放了出来。儿子再无音信。警察说他们没抓；军政府说人也不在他们那里。胡安本来要当爷爷了，但身怀六甲的儿媳也失踪了。从拉里奥哈[1]给我们发来文章的卡乔·保莱蒂被酷刑折磨，接着入狱。

其他在《危机》上发表过文章的作家：帕科·乌隆多

[1] 阿根廷西北部同名省首府。

很久以前在门多萨中弹身亡[①]；安东尼奥·迪贝内代托被捕入狱[②]；鲁道夫·沃尔什失踪了[③]。被押前夜，鲁道夫寄出一封检举信，告发三A联盟如今其实是三股武装力量，是“恐怖源头本身，已经失去方向，只知道发表关于死亡的胡言乱语”。

---

① 帕科·乌隆多即弗朗西斯科·乌隆多(Francisco Urondo, 1930—1976)，阿根廷记者、诗人，左翼庇隆主义者团体游击队员派(Montoneros)成员。以对特雷利乌惨案幸存者的采访(*La Patria Fusilada*, 1973)闻名。著有批评随笔《阿根廷诗歌二十年》(*Veinte años de poesía argentina*, 1968)等。1976年6月17日死于阿根廷西部门多萨省首府门多萨。

② 阿根廷作家安东尼奥·迪贝内代托(1922—1986)1976年军事政变中被捕，一年后获释，流亡西班牙，1984年归国。

③ 阿根廷记者、作家鲁道夫·沃尔什(1927—1977)是游击队员派成员，1977年3月25日失踪。据云他在被绑架时进行了反抗。在深度新闻调查基础上创作的非虚构小说《屠杀行动》(*Operación Masacre*, 1957)是他最重要的作品之一，被认为是拉丁美洲证言小说(novela testimonio)的开创之作。后文提到的信题为《一位作家致军事集团的公开信》(*Carta abierta de un escritor a la Junta Militar*)。

## 梦

你要火，但是火柴点不着。没有一根火柴能划出火。所有的火柴不是断头就是受潮。

# 卡莱利亚-德拉科斯塔[1]，1977年6月：为了每天创造世界

我们聊天，吃饭，抽烟，走路，一起工作，这些都是不进入对方身体的做爱方式，而我们的身体在从白天走向晚上的旅途中呼唤着彼此。

我们听着末班列车的呼啸。教堂的钟声。午夜了。

我们自己的小火车慢慢滑动，飞了起来，带你漫步云端，走过不同的世界，然后早晨降临，新煮好的咖啡润湿的香气。你的脸上流露洁净的光芒，身体闻起来有潮湿的芬芳。

一天开始。

我们数着距离晚上还有多少小时。然后，我们会做爱，悲伤至死。

---

① 西班牙东北部滨海小镇，属巴塞罗那省（Barcelona）。爱德华多·加莱亚诺和埃伦娜·比利亚格拉流亡西班牙期间的居地。

## 如果仔细听，我们全都组成一股旋律

我穿过蕨草丛生的原野走到河边。

那是一个光线纯净的早晨。吹着非常轻柔的微风。石头房子的烟囱里飘出波涛起伏的青烟。鸭子从水上游过。一叶白帆滑过树林之间。

那个早晨，我的身体和微风、青烟、鸭子、白帆有同样的韵律。

## 街道之战，灵魂之战

我追捕那个命令我保持悲伤的恶意声音。有时候，那个声音让我觉得快乐是高度背叛的罪行，而我错在得到继续活着且人身自由的特权。

于是我想起在秘鲁的时候，灰尔卡酋长在遗迹废墟前说：“他们到了这里。连石头都砸碎了。他们想让我们消失。但是他们没成功，因为我们还活着，这是最重要的。”我觉得灰尔卡是对的。活着：一场小胜利。活着，或者说，经历那么多告别目睹那么多罪行还有能力快乐，才能让流亡成为另一个可能的国家的见证。

我们不能用狗屎砖头重建祖国。如果回国的时候，我们都已破碎，还有什么用？

快乐比悲伤需要更大勇气。毕竟，我们已经习惯悲伤。

## 卡莱利亚-德拉科斯塔，1977年7月：市场

你教我，汁液可以把人溺死在甜蜜里，胖李子要闭着眼睛吃，而果肉紧致红润的甜菜，要看着它吃下去。

你喜欢抚摸桃子，用小刀褪去衣服，你喜欢肤色暗淡的苹果，可以用手揉出光泽。

柠檬令你尊敬，橙子逗你微笑。成堆的萝卜最亲切，身披中世纪铠甲的菠萝最滑稽。

大口筐里的番茄和辣椒像是生来就为露出肚皮晒太阳，看上去懒洋洋地发光，其实番茄的生活要从和牛至、盐、油搅拌开始，而辣椒要等到烧红的炉子把它炒熟，我们的嘴满怀热情地咬下去的时候才找到自己的命运。

香料在市场上组成另一个世界。它们微小，却充满力量。所有肉类——牛肉，鱼肉，猪肉，羊肉——碰上香料都令人兴奋，汁液浓郁。我们都知道如果没有香料，我们

都不会生在美洲，我们的餐桌和梦也会缺少魔力。毕竟，推动哥伦布和水手辛巴达前进的正是那些香料。

月桂叶在你手中优雅地颤抖，轻柔地落在烤肉或者小方饺上。你很爱迷迭香、马鞭草、豆蔻、罗勒和肉桂，从来也不知道是因为香气、味道还是名字。而欧芹作为穷人的香料比所有其他香料多一个优势：只有它撒在盘子里的时候还保持鲜嫩欲滴的绿色。

## 仪式进行中，我们和它一样变得有点神圣

我打开红酒。在布宜诺斯艾利斯，是黑色大肚瓶的圣费利佩勃艮第。在这里，是托雷斯酒庄的公牛之血。

我倒上酒，留在杯子里醒了醒。我们闻闻它的气味，观赏它的色泽，烛光下发亮。

桌下，我们的腿寻找彼此，纠缠在一起。

酒杯接吻。红酒很满意我们的喜悦。它瞧不起醉鬼，在不值得的人嘴里会变酸。

酱汁在陶锅里沸腾，冒着小泡，稠浓的酱汁缓慢地涨落，红色，潮湿：我们慢慢吃着，品味着，毫不匆忙地聊着天。

独自一人吃饭是身体需求。和你吃饭，是一场弥撒，一抹笑意。

## 消　息

来自乌拉圭。

《前进》的合集和档案被烧毁了。

他们觉得光关闭它还不够。

《前进》活了三十五年。每一周，只要这本杂志还出现，就已经表明不出卖自己是可能的。

杂志永远的主编卡洛斯·基哈诺现在在墨西哥。他差点没逃出来。

当时，《前进》已经不存在了以后，基哈诺坚持留下来，仿佛为它守灵。他按平常的时间到编辑部，坐在桌前，一直待到傍晚，忠实的鬼魂守卫着空荡的城堡：打开迟来的几封信，接听打错的电话。

# 系　　统

灭绝计划：除草，把所有活着的植物都连根拔掉，给土地灌上盐水。

然后，杀死对草的记忆。要想控制意识，删除意识；要想删除意识，清空它的过去。清除所有那些说这个地方有过除沉默、监狱和坟墓以外东西的证词。

禁止回忆。

囚犯被编成组。强迫他们每天晚上用白色涂料遮盖城市墙上另一个时代写下的抗议。

大雨冲刷围墙，白色涂料渐渐溶解。那些激烈固执的话语又一点一点重新浮现。

## 消　息

来自阿根廷。

下午五点钟，火焰净化礼。在科尔多瓦第三特遣队第十四团军营的院子里，“火化这份严重危害文件，捍卫我们最传统的精神财富：上帝，祖国和家”。

他们把一本本书扔进火堆。从远方能看见高蹿的浓烟。

# 外 一 篇

## 保卫词语：拉丁美洲的文学与社会[1]

① 《保卫词语》一文最早见于1977年1月8日马德里出版的《胜利》周刊(*Triunfo*)，同年加拉加斯出版的《新社会》杂志(*Nueva Sociedad*)11/12月合刊予以转载，增加了副题“拉丁美洲的文学与社会”。1982年每月评论出版社(Monthly Review Press)出版本书英文版时收于书末，而以“离开布宜诺斯艾利斯，1976年6月”为副题。

# 离开布宜诺斯艾利斯，1976年6月

## 1.

我们写作，是发自与他人沟通交流、分享情感的需要，是为了谴责使人痛苦的，分享带来快乐的。我们写作，是对抗着我们自身的孤独，也对抗着他人的孤独。我们假定文学作品可以传递知识，可以影响读者的行为和语言，也因此能够帮助我们更好地了解自己，让作为人类整体的我们获得拯救。可是，“他人”的概念太过模糊，而在危机重重、由定义决定的时代，模棱两可有时太像谎言了。说到底，我们写作，是要写给那些我们能从他们身上认出自己的走运鬼和倒霉蛋——地球上那些挨饿的人，失眠的人，反叛的人，不幸的人，可他们中间大多数都不识字。就算是极少数识字的，又有几个买得起书？宣称我们写作是为了所谓“大众”这个潦草的概念，就能让这个悖论得到解决吗？

**2.**

我们不是生在月亮上，我们不是活在天堂里。我们走运或是倒霉地生在拉丁美洲这个世界上饱受折磨的地区，而且活在持续遭受压迫的历史时期。在这里，阶级社会的矛盾冲突比那些富裕国家尖锐得多。贫穷国家偿付民众的苦难作为代价，好让世界上百分之六的人口有恃无恐地消费全球生产出的财富的一半。一部分人的富足生活与另一部分人的贫穷苦难之间的鸿沟和差距在拉丁美洲更为巨大，而为了维系这样的差距需要采取的手段也更为野蛮。

限制性和依附性工业的发展，叠加在陈旧的农业和矿业结构之上，而且并未改变后者本质上的扭曲，社会矛盾因此不仅没有缓和反而愈加尖锐。坑蒙拐骗这类政客传统技能在今天已经不够用了，过时且没什么用处。许诺让步的民粹主义把戏曾经更易操纵，如今在有些情况下已不再可能，另一些时候则暴露出危险的双刃。所以统治阶级和国家需要诉诸压制手段来解决问题。不然，一个越来越像集中营的社会制度如何能够存活？不然，都没有用上带刺铁丝网围栏，如何能让数量不断增长的那些该死的人全部乖乖待在里面？而且，这个制度发现不停升高的失业率、贫穷以及随之而来的社会和政治危机让自己岌岌可危，于是彬彬有礼和虚伪假象的空间大幅缩小：在世界的边缘地带，制度露出了真面目。

为什么不认可如今压迫着绝大多数拉丁美洲国家的独裁政权都格外真诚呢？“企业自由”就是字面意思——危机来袭时可以自由地剥削人民。

拉丁美洲的科学家纷纷移民，实验室和大学缺乏资金；工业知识技能总是外来进口，而且贵得离谱，但是为什么不认可我们在制造恐怖的技术方面不断创新呢？拉丁美洲在发展酷刑方法、杀死人及其思想的技艺、栽培沉默、扩散无力、播种恐惧等方面的创意层出不穷，做出了世界性的贡献。

在这样的现实语境里，我们这些写作的人，想让我们的文学帮助发不出声的人的声音被听见，要怎么实现？在这样的聋哑文化里，我们自己的声音能被听见吗？我们这些作家苟得的那一点点自由，难道有时候不恰恰证明了我们的失败？我们能走多远？我们的作品能抵达谁？

宣明一个公正、自由的世界即将到来，这是高贵的任务；拒绝由饥饿和牢笼（可见的和不可见的）组成的制度，这是高贵的功用。可是我们再走几步就会过界？掌权的人给我们的许可还能给多久？

3.

关于不同社会政治体制下直接的审查方式已经有许多讨论，包括禁止出版任何令政权难堪或者造成威胁的书籍报刊，以及驱逐、监禁或者谋杀作家和记者，等等。

间接的审查实行起来则更为狡猾，不那么明目张胆，却并不因此少掉半点真实。关于这方面的探讨还很少，但是它最能深刻定义大部分拉丁美洲国家的制度所体现出的压迫和排他的特征。这种不叫审查的审查，本质是什么？它的本质在于船不起航是因为海里没有水——拉丁美洲仅有百分之五的人口买得起电冰箱，那么能有几个人买得起书？又有几个人能读得懂书、体会得到对书的需求、吸收得到书的影响？

拉丁美洲的作家是文化产业里的雇佣工人，这一产业本身即服务于受过启蒙的精英阶层的消费需求。我们出身少数人，又为少数人写作。无论是纵容社会不平等和主流意识形态的作家还是试图与之决裂的作家，这都是客观的情况。我们很大程度上被自身所处现实的游戏规则阻挡。

普遍盛行的社会秩序让绝大多数人的创造力减退甚至消失殆尽，文学创作——由来已久的对人类痛苦和死之确然的回应——的可能被限制为一小群专业人士的专业操作。拉丁美洲有多少像我们这样的“专业人士”？我们为谁写作？我们的作品抵达了谁？我们真正的受众在哪里？

我们可别去相信掌声吧。有时候那些人的赞誉只是因为他们认定我们无害。

**4.**

我们写作是为了挡开死亡，扼住纠缠我们的幽灵；但是我们写下的东西，只有当它以某种方式与集体对谋求身份认同的需求吻合，才有可能留存在历史上且依旧奏效。我想这一点才是我们想要的。作家通过说出“这就是我”，通过揭示自己，可以帮助他人也开始意识到自己是谁。作为一种揭示集体身份认同的方式，艺术应该被视为基本需求而非奢侈品。但是在拉丁美洲，绝大多数人是无法接触到艺术和文化产品的。

拉丁美洲人的身份认同被接续不断的征服文化所撕裂，来自征服者的、毫不留情的剥削为世界资本主义机制的运转做出了贡献，并由此产生了“大众文化”。对这种降格的艺术更精准的描述是“给大众的文化”，产自操纵意识、藏匿现实、扼杀创造性想象的大众传媒。这自然无法启发身份认同，反而是通过抹除或歪曲身份认同，将大众传媒推广宣传的消费模式和生活方式强加于人。所谓“民族文化”就是统治阶级的文化；这种文化过着进口的生活，将自己局限于愚蠢而粗俗地模仿所谓的“世界文化”——很多人误以为占主导地位的国家的文化就是世界文化。在我们的时代，多元市场和跨国企业的时代，经济和文化（指的是“大众文化”）都在快速的社会发展和大众传媒的联合作用下被国际化了。这些权力中心出口给我们的不仅是机械和专利权，还有意识形态。既然在拉丁美洲享受世间的财富仅限于少部分人，随之而来的就是大多数人必须放任自己去消费幻想。将致富的迷梦售卖给穷人，将自由的迷梦售卖给受压迫的人，将胜利的迷梦售卖给败兵，将权力的迷梦售卖给卑弱的人。电视、广播和电影都在竭力为不平等的世界秩序找理由，展现出各种引人入胜的象征符号，人无须识字就可以全盘吸纳。

要在这片每分钟都有一个儿童因疾病或饥饿死去的大地上维持现状，我们必须用那些压迫我们的人的眼睛审视我们自己。人被训练成接受这样的秩序，将它视为天然存在，就自然永存；制度被等同于祖国，这样，与政权为敌的人四舍五入就是叛国分子或者外国间谍。丛林法则作为制度的既定法则被神圣化，失败的人民就会接受自己的现状是命运使然；经由对历史的篡改，拉丁美洲历史性失败的真实原因被置之不理——拉丁美洲，这片大地一直在用自己的贫穷喂养外国的财富。无论是在小荧屏上还是大银幕上，都是最好的一方成为赢家，而所谓最好的，实际上指的是最强大的。浪费、表现癖和不择手段不仅不令人憎恶，反而引人崇拜；什么都可以购买、售卖、出租、消费，包括灵魂。一根香烟、一辆车、一瓶威士忌或者一块腕表都是拥有魔力的财物：它们能为我们提供个性，它们能指引我们走向成功和幸福。外国英雄和榜样不断增多，与之并行的是对富裕国家名牌和时尚的物质崇拜。本地制作的摄影小说和肥皂剧都发生在虚假做作的悬空地带，无视各自国家真实的社会和政治问题；引进的电视剧则将西方民主、基督教民主和暴力、番茄酱一起打包兜售。

**5.**

在这片年轻人的大地上——年轻人的数量不停地增长却找不到工作，定时炸弹的嘀嗒声迫使那些掌权的人不得不睁着一只眼睛睡觉。文化隔绝——用来下药和阉割的机制——多种多样的方法日益重要。用来给意识绝育的配方投入使用，取得的成功远胜避孕药。

想要殖民人的意识，最好的办法就是压制。在这一点上，引进虚假的反主流文化（无论刻意与否）也起了作用，在一些拉丁美洲国家的新生代中得到不断放大的共鸣。这些并不提供参政选项的国家——或是因为结构的僵化，或是因为令人窒息的压迫机制——为所谓的抗议文化的扩散提供了最肥沃的土壤。这种抗议文化源自国家外部，是休闲和浪费的一种子产品，针对的是所有社会阶层，而源头是寄生虫阶层站不住脚的反传统主义。

美国和欧洲六十年代涌现的年轻人的风尚和符号——诞生于对消费主义单一性的反抗——成了拉丁美洲生产装配线上的物品。奇装异服一售即空，配以"解放你自己"的忠告；以嗑药致幻的美学榜样为模仿对象的音乐、海报、发型和服饰成为售卖给第三世界的大众化产品。第三世界的年轻人试图逃离地狱，连同这些五彩斑斓、极具吸引力的符号一起提供给他们的却是通往炼狱的车票。新一代受邀放弃痛苦的历史记忆换得一次前往涅槃的旅行。投身"嗑药文化"让某些拉丁美洲年轻人幻觉自己成功复制了那些生活在大都会里的同龄人的生活方式。

这种虚假的反主流文化源自与工业化脱节的社会里边缘群体不予配合的精神，却与我们对身份认同和命运的真正需求全无关系。它仅是为没有行动力的人提供的冒险意淫，生产的是放任自流、自我中心和故步自封；没有碰现实一个指头，仅是改变了现实的形象；许诺的是无痛无忧的爱情和不战而得的和平。而且，通过把情感转化成消费产品，它完美吻合了大众传媒散播的"超市意识形态"——就算对汽车和冰箱的迷恋还不足以把焦躁静音、让焦虑平静，至少在地下超市里可以买到和平、眼花缭乱和幸福。

6.

要唤醒人民的意识，要揭露现实，在这个时代，在我们的这片大地上，文学可以承担起更好的功用吗？这个制度之下的文化，这个现实之中的文化，替代和遮蔽了现实，麻醉了意识。可是，无论心中的火焰如何燃烧，一位作家能做什么来对抗谎言和顺服的意识形态机制？

当社会秩序的建构趋于杜绝人与人之间的沟通，人际关系仅剩竞争和消费的阴险游戏，个体之间彼此利用和剥削，一种关于兄弟情义和集体团结的文学能扮演什么样的角色？

我们已经到了讲出事物的名字即为抨击的地步：可是，对谁讲？为了谁？

7.

作为拉丁美洲的作家，我们自身的命运与对社会变革的深刻需求紧密相连。所谓讲述，就是交出自己：文学是一种想要完全地沟通交流的努力，因此，只要苦难和无知依旧存在，只要掌权的人还在通过大众传媒的工具有恃无恐地实行他们集体无耻化的政策，文学就会继续从一开始即遭遇阻碍。

有些人呼吁为作家争取特殊的、不同于其他工作者的自由，我不抱持这样的态度。如果我们这些作家想要从精英的城堡里凿开地道出走，如果我们要挣脱看得见和看不见的束缚真正表达自我，我们的国家必须要发生巨大的改变，深刻的结构改变。在一个被监禁的社会，自由文学仅能以抨击和希望的形式存在。

与此同时，以为仅通过文化手段就可以挖掘出人的创造潜力，这样的想法在我看来是个仲夏夜幻梦。长久以来，存活的严苛条件和生活的迫切需求哄得我们的人民陷入昏睡。在拉丁美洲有多少天才还没崭露头角就被消灭了？有多少潜在的作家和艺术家从来没有机会发现自己的天赋？

8.

况且，在这些权力物质基础并非土生土长而是依赖外国都会的国家，民族文化真的可以完全实现吗？

现实情况如此，写作还有意义吗？

文化并无“零度”，正如历史并无“零度”。既然我们承认在任何社会发展进程中，统治的阶段与解放的阶段之间存在不可避免的延续性，为什么要否认文学的重要性？为什么要否认文学在探索、扩散和传播我们真正的、潜在的身份认同中可能扮演的革命性角色？压迫者不希望镜子把任何东西映给被压迫者看，只想让镜子呈现水银般光洁的表面。完全不知变革为何物也不知变革从何而来的人民如何能启动变革的进程？不知道自己是谁的人民，如何能知道自己值得上变成什么样？难道文学不能直接或间接地在这方面启发人心吗？

在我看来，文学能否做出贡献很大程度上取决于作家呼应自己所属人民——他们的根，他们的沉浮，他们的命运——的强烈程度，取决于作家接收正在兴起的、真正的反主流文化的心跳、声音和韵律的能力高低。被视为“未经开化”之处往往承载着另一种文化的种子或果实，与主流文化对峙而立，拥有与之截然不同的价值观和修辞术。这些另类的文化经常被错误地忽视，被当做仅是在拙劣地模仿精英“文化产品”或是装配线体系里已遭淘汰的文化模式。可是，民间故事经常比“专业”的小说更发人深省，更有意义；作者不详的民歌对句里的生命脉搏有时比依照初学者指南亦步亦趋写出的成卷诗集更有说服力。人们用千种方式讲述自身苦难和希望的证词比那些所谓“以人民之名”写出的作品更为传神达意，更为优美动人。

我们真正的集体身份认同诞生于过去，也为过去所滋养——我们的脚步行走在前人走过的地方；我们迈出的步子都已预先设计好。但是这个身份认同并没有冻结在怀旧当中。我们当然不是要从那些被征服人民的习俗、服装和珍奇物品（因为游客期待而人为地保留下来）中发现自己被隐藏的面容。我们做了什么决定了我们是谁，尤其是，为了改变我们是谁，我们做了什么：我们的身份认同寄于我们的行动和斗争。所以，揭示出我们是谁意味着抨击那些阻止我们成为我们的人。通过定义我们自己，我们的出发点是向阻挡我们的障碍发起挑战，与之抗争。

一部文学作品，如果诞生于危机和变革进程之中，深刻浸没在它所处时代的风险和事件当中，就确实能够为创造全新现实的象征助一臂之力。也许——如果有足够的天赋和勇气——还能照亮沿途的路标。

吟唱生于拉丁美洲所意味的痛苦与美丽，这绝非无用之功。

**9.**

无论是媒体报道还是销量都不一定能对一本书的影响力做出有效评估。有时候，文字作品的影响力要远远大过表面看上去的样子；有时候，它提前数年回答了群体的问题和需要，只要作家本人知道怎样首先经由内心的怀疑和痛苦经历这些问题。写作起源于作家将自己受伤的意识投射于世界：创作的行动是体现团结的行动，作品并不总能在写作者在世的时候实现自己的命运。

10.

有些作家自认拥有一般凡人没有的神圣特权，有些作家捶胸顿足、撕扯衣服，为自己百无一用的职业生涯请求公众原谅。这两种态度我都没有。没那么神圣，也没那么可鄙。对我们自身局限性的认知并不意味着自恃重要：文学是行动的一种形式，作家身上并没有什么超自然能力，但是如果设法通过自己创造的作品让一些有意义的经历和人生存活下来，作家就是近乎魔术师的存在。

如果写下的东西能得到严肃的阅读，并在某种程度上改变或是滋养了读者的意识，作家在变革进程中的功用就得到了证明：这样的证明不带一丝傲慢也没有虚伪的自谦，而是认可自己在某样更为广袤的事业当中充当了一个微小的部分。

在我看来，不妨说，那些拒绝词语之力的人，他们终日都在对着自己的影子以及无尽的迷宫自言自语；而我们这些人想要称颂和分享的是人类的境况并非粪池，对我们而言，词语是有意义的。我们寻找的是听众，而不是仰慕者；我们给出的是对话，而不是表演。我们的写作中充满了对交流的渴望，这样，读者就能被我们的词语所吸引，这些词语，我们从他们那里得来，再作为希望和预言归还给他们。

**11.**

宣称单凭文学自身就能改变现实显然是疯狂的，也是傲慢的。在我看来，这与全盘否认文学能改变现实是同样的愚蠢。

对我们自身局限性的认知毫无疑问也是对我们所处现实的认知。在绝望和怀疑的迷雾当中，直面现实并与之较量是可能的：背负着我们的局限，同时也对抗着我们的局限。

在这方面，写给革命虔信者的“革命性”文学与写给埋头利己者的保守主义文学一样，都是无用的弃物。确实有些人致力于培育一种世界末日语调的“极端”文学，只说给范围有限的受众听，这些人本就已经提前相信这种文学提出的观点和传递的信息。无论作家怎样声称自己具有革命性，如果他们只是为了本来就与自己所想所感相同的少数人写作，如果他们只是给出了这部分少数人期待的东西，那么他们哪里冒了什么风险呢？在这样的例子里，并不存在失败的可能，也就没有成功的可能。如果不去挑战现有制度对异见信息的封锁，写作还有什么用？

我们的写作是否有用，取决于我们大胆和精确的程度，取决于我们清晰表达和吸引人心的能力。我希望我们能创造一种比那些顺服的作家所用的更加无畏、更加美丽的语言去迎接曙光。

**12.**

不过，这不仅是语言的问题；也是媒介的问题。抵抗性的文化必须用上所有能用到的方法，不能擅自挥霍任何表达的载体和机会。时间紧迫，挑战灼热，任务艰巨；对一个参与到社会变革事业当中的拉丁美洲作家而言，生产书籍是全面开花的战斗前线上的一个组成部分。我们并不将文学推崇为一个冻结在资产阶级文化里的神圣存在。面向大众的叙事、报道、电视、电影、广播剧和流行歌曲并不总像某些蔑视它们的文学话语专业大佬宣称的那样，是质量更差的低等“文体”。拉丁美洲叛逆的新闻报道在大众传媒脱离民众的机制里破开了裂缝，这往往是专注投入的创造性劳作的产物，与优秀的长短篇小说作品比起来，无论是美学价值还是社会功用，都丝毫不落下风。

13.

我相信我的志业；我相信以笔为剑。我不理解为什么有些作家可以轻描淡写地声称在这个不停有人饿死的世界上写作毫无用处。我也不理解为什么有些作家仅仅把词语当做发泄自身愤怒的靶子或是把写作变成一种怪癖。词语是武器，它可以为良善或者邪恶所用：罪行的发生绝不该归咎于刀子。

我认为今日拉丁美洲文学的首要功用就是拯救词语，在这里，词语经常被有恃无恐地滥用于阻碍和背叛沟通。“自由”在我的国家是一座关押政治犯的监狱的名字，“民主”出现在好几个恐怖政权的名号里；“爱情”定义的是一个男人与自己的汽车之间的关系，“革命”描述的是一种全新清洁液在你的厨房里做到的事；“光彩”是某种特定的润滑香皂给使用者带来的效果，“幸福”是吃热狗时体会到的感觉。“一个和平的国度”在许多拉丁美洲国家是指“修缮有加的墓园”，有时候看见“健康的男人”必须读出“阳痿的男人”。

就算有迫害和审查，我们依然可以通过写作留下关于我们的时代和我们的人民的证词——给现在，也给以后。我们写作的时候，就像在说：“我们现在在这里，我们曾经在这里；我们现在是这样，我们曾经是这样。”在拉丁美洲，有一种文学正在成形，正在壮大，这种文学不是要哄读者昏睡，而是要唤醒他们；这种文学不是要掩埋死去的人，而是要让他们不朽；这种文学拒绝在灰烬里混迹胡搅，而是想要点起火来。这种文学延续并发扬了战斗语言强有力的传统。如果，正如我们所相信的那样，希望比怀旧更可取，也许，这种刚刚诞生的文学最终能成为一股美丽的社会力量，早晚会剧烈改变我们的历史轨迹。也许，这种文学能够为将来的世世代代保存下诗人所说的“万事万物真正的名字”。

在十年的被迫沉默之后，《这里》周刊在蒙得维的亚发表了这篇采访。那天是1984年3月27日。丹尼尔·卡瓦列罗通过电话提出这些问题。加莱亚诺从他在西班牙巴塞罗那省卡莱利亚小镇的家中作答。

此前漫长的时间里，没有任何一家乌拉圭刊物提过他的名字。他所有书都在祖国被禁。

## 不是所有离开的都是英雄，
## 也不是所有留下的都是爱国的

问：你在国外的文学作品都有哪些？

答：一本小说，《我们的歌》，一本与自己记忆对话的书，叫《爱与战争的日日夜夜》，还有“火的记忆”三部曲的前两本。第一本《创世纪》几年前出版了，第二本《面孔与面具》刚刚面世。现在我正在写第三本。这个“火的记忆”三部曲与《爱与战争》很像，但是对话的对象是美洲：是与美洲记忆之间的对话，把它当做人来对话。

问：是在《拉丁美洲被切开的血管》的基础上，但是内容更加文学？

答：某种程度上是同一个主题，但是更加多元化。我试图拯救美洲所有还存在的记忆，尤其是拉丁美洲的记忆，从各个维度上，味道，颜色，痛苦……希望读者能伴随着词语的讲述感觉到历史正在发生。希望历史能从博物馆里逃出来深深呼吸；希望过去能变成现在。拉丁美洲不仅被夺走黄金白银橡胶黄铜石油，它的记忆也被征用了。它的记忆被查封劫走，好让整个大陆不知道自己从何方来，于是也弄不清该往何处去。

问：《血管》奠定了你作为政治知识分子的地位。你还会继续以同样的角度和措辞写作吗？
答：不，不，不。那会是自掘坟墓。那本书是我十三四年前写的。这些年我一直在改变。我是个活人，我每天都在变。我承认《血管》里写过的一切。我一个字也不后悔；我知道那本书没有撒谎也没有胡说八道，知道它过去现在都依旧在展现这个世界上没有任何财富是无辜的，呈现了发展中并不是通往发展的一个阶段，而是他国发展带来的历史后果。但是我现在投身新的征程了，更加包容，更加多元，这场冒险不是《血管》的重复，而是让那本书为我打开的领域变得更加宽广，更加深刻。我觉得《血管》太一维视角了，它提供的是政治经济维度下很封闭的历史，所以有时候可能有点太概要化了。而且，这些年里我的写作风格也发生了变化。我试着让篇幅更短，用更少的话说出更多的内容。

问：在已经处于自由时期的布宜诺斯艾利斯，《血管》的出版引发狂热。你怎么看待从没听说过你的新一代对你的发现？

答：我觉得说狂热太夸张了。不如说是好运气吧。我很高兴那本书重新在布宜诺斯艾利斯出现，而且运气不错，毕竟这本受诅咒的书一直被阿根廷及其他国家的独裁政权追捧为禁书。但这不仅是关于这本书的，一本书没什么大不了，有意义的是成千上万件正在发生的事。阿根廷预感到了在我们自己国家也正在慢慢开始发生的事。阿根廷松绑解锁。经历了这么多年的沉默与恐惧，民众想知道发生了什么。可见，禁得了水，禁不了渴。

问：你的从业经历和作品在新闻和文学两条路上交错。你对二者的定义是怎样的？

答：我觉得新闻也是一种文学。我并不认同把书神圣化，不觉得那是唯一的文学表达形式。新闻可能是很糟的文学，但是也有很可笑的书啊。紧迫和压力可能影响了新闻的质量，但也给予它力量和魅力。文学是永恒的而新闻是即时的？要知道，拉丁美洲最经久的作家中好几位都是在新闻中展现出最好的自己的：何塞·马蒂，卡洛斯·基哈诺，鲁道夫·沃尔什，等等。

问：你是最早一代决定赌一个有尊严、团结且公正的祖国的乌拉圭人。面对为了实现这样的期待而出现的巨大困难，你曾经在某个时刻感到绝望吗？

答：怎么会没有呢。而且不止一次。我不相信，也建议不要相信木头人。玛雅人的《圣书》讲过神明做了一些木头人当试验品，但是没成功：木头人长得像人，说话也像人，但是无血无气，所以也不懂得泄气失望。

问：你出生在那个不断给人各种镇静剂的有小阿卡迪亚之称的乌拉圭，是什么帮助你冲破这种精神殖民？
答：是现实。一个深陷危机的国家的现实。这个现实每天都在棒打和驱赶自己年轻的工人。我这一代成长起来的时候，所谓的阿卡迪亚已经是怀旧和笑话的主题了。

问：如果说流亡有很多种，是不是你决定不再使用自己的父姓发表作品的时候，尽管还没有离开乌拉圭，但已经在某种程度上感受到了流亡？
答：在开始写文章之前我是画画的。我在社会主义周刊《太阳》上发表漫画。当时我署名Guis，好让卡斯蒂利亚语读出来就是Hughes的音，并非想对我的威尔士高祖不敬。等我开始写作的时候，我就署名加莱亚诺，那是我的母姓；之后就一直沿用。这些年里我听到过各种对于这个选择的猜测解读，甚至包括臆想的家庭冲突，还有别的一些胡话。我并没有什么所谓的内在流亡。不过我知道名字并不重要，要知道这个世界上监狱都可以起名“自由”。

问：你对于接受批评准备得怎么样？有时有人评论说你尖锐的智慧带有一定的精英主义风格，一种贵族知识分子气。这是否来自一个早早成功的人摆出的青春架势？

答：批评，随便什么样都可以，但是请当面来。我不喜欢那种“有时候……”，更讨厌“有人说……”。什么时候？谁说？这不是为了给自己辩解。我知道，在人种展览会上，我们作家都是被关在孔雀笼子里的，想逃出去很难。无论如何，现在是我对所谓的成功最不相信的时候，也不相信那种把生命变成一种奖惩体系的反动意识形态；我觉得我离任何自恋倾向差了好多光年。

问：流亡对你的改变大吗？你怎么定义流亡？

答：流亡教会我新的谦逊与耐心。我觉得流亡是一场挑战。刚开始会有一段忏悔期，源自无能为力或者挫败感，只有谦逊和耐心能把这种忏悔变成创造力，让流亡变成又一个战斗前线。这样一个人向前看，就会发现怀旧思乡是好事，故土的吸引意味着这个人不是凭空从云里生出来的，而更好的是希望。这个过程一点都不容易，尤其对被判流放到很远很远地方的成千上万乌拉圭工人而言，他们去的国家说着不一样的语言，思考和感受方式完全不同，在那里，流亡是一场赤手空拳的日常斗争。我很幸运。我能始终在自己的领域工作，从来没有停止写作，一切好像《马丁·菲耶罗》里那个谎言，说换了情人的母牛下犊晚。流亡向我证明了身份不在于居住地也不是证件问题：我活在哪里我都是乌拉圭人，就算不让我入境。已经快十一年了，但是我除了掉头发什么都没少：我的团结激情、不竭创作和去爱的冲动、面对不义爆发的愤慨程度都翻倍增加。自始至终，我都是站在公牛的一边。现在还是。

问：不说陈词滥调，你对可能的回国怎么想？
答：有一个担心。我相信也期待不久以后我们的国家也会有赦免与自由。但是，工作呢？会有那么多工作给这五十多万被迫生活在外的乌拉圭人吗？乌拉圭过去几十年都依靠出卖劳动力为生。对这个系统而言人太多了，但是对于国家而言，不是这样。毕竟，乌拉圭的土地面积是荷兰的五倍，人口却是五分之一。独裁赶走了太多人；但是更多人是被这个独裁赖以生存的系统赶走的。还有一个担心。我们这些走了的，和他们那些留下来的（那些人不得不扛过最艰难的年月），大家会互相中伤吗？大家会互相审视考核吗？大家会不会都落进怨恨与指责的刻薄游戏，却忘了不是所有离开的都是英雄，也不是所有留下的都是爱国的？就是这两个担心。其他都是乐意和快乐。

# 译名对照表

## A

阿查瓦尔（阿查） Achával（Acha）
阿道弗·卡瓦利 Adolfo Cavalli
阿道弗·米汉戈斯 Adolfo Mijangos
阿尔贝托·比尔尼雄 Alberto Burnichón
阿尔比诺尼 Albinoni
阿尔弗雷多·兹塔罗萨 Alfredo Zitarrosa
阿尔科塔 Alcorta
阿尔孔尼达 Arcónida
阿尔瓦罗 Álvaro
阿古斯丁·奎瓦 Agustín Cueva
阿卡迪亚 Arcadia
阿拉纳 Arana
阿莱 Ale
阿莱霍·卡彭铁尔 Alejo Carpentier
阿雷格里港 Porto Alegre
阿里 Ary
阿列尔·多尔夫曼 Ariel Dorfman
阿罗多·孔蒂 Haroldo Conti
阿马利娅·佩莱斯 Amalia Peláez
阿梅齐亚尼城 Cité Améziane
阿纳尔多·门多萨 Arnaldo Mendoza
阿尼巴尔 Aníbal
阿塔瓦尔帕 Atahualpa
阿特兰蒂达 Atlántida
阿图尔·波尔内尔 Artur Poerner
《啊，伊内斯妈妈》 *Ay, mama Inés*
埃达·阿马斯 Edda Armas
埃尔达 Elda
埃尔·格列柯 El Greco
埃尔莎 Elsa
埃克苏 Exú
埃克托尔·蒂松 Héctor Tizón
埃克托尔·坎波拉 Héctor Cámpora
埃里克 Eric
埃伦娜·比利亚格拉 Helena Villagra
埃玛 Emma
埃米利奥·卡萨布兰卡 Emilio Casablanca
埃内斯托·冈萨雷斯·贝尔梅霍 Ernesto González Bermejo
埃塞萨 Ezeiza
埃斯梅拉达斯 Esmeraldas
埃特鲁斯坎人 Los etruscos
艾尔米塔尼奥 Ermitaño
爱德华多·米尼奥尼亚 Eduardo Mignogna
爱德华多·休斯·加莱亚诺

Eduardo Hughes Galeano
《爱与战争的日日夜夜》
*Días y noches de amor y de guerra*
安德烈斯·古特立
Andrés Cultelli
安德烈斯·塞利奇 Andrés Selich
安东尼奥·迪贝内代托
Antonio Di Benedetto
安东尼奥尼 Antonioni
安杰伊·瓦伊达 Andrej Wajda
安娜·巴苏阿尔多 Ana Basualdo
暗黑绘画 La pintura negra
肮脏战争 La guerra sucia
奥尔米蒂亚 Ormidia
奥兰多·莱特列尔
Orlando Letelier
奥兰多·罗哈斯 Orlando Rojas
奥雷利奥 Aurelio
奥鲁罗 Oruro
奥诺拉塔 Honorata
奥索里奥街 Calle Osorio

# B

巴勃罗·朱萨尼 Pablo Giussani
巴拉巴斯 Barrabás
巴拉科阿 Baracoa
巴拉那 Paraná
巴兰坦威士忌
Ballantine's whisky
巴勒莫 Palermo
巴西文学院
Academia Brasileira de Letras
巴辛（酒吧） El Bachín
《白色翅膀》 *Asa branca*
贝亚维斯塔 Bella Vista
比利亚尔·阿劳霍 Villar Araujo
比森特·齐托·莱马
Vicente Zito Lema
婢鲈 Róbalo
毕斯马尼亚 Bismania
标准石油 Standard Oil
波士顿（酒吧） El Boston
伯格曼 Bergman
博基记事本 Porky
博卡主场 Cancha de Boca
博拉·德聂维 Bola de Nieve
博莱罗舞曲 Bolero
博罗罗印第安人
Los indios bororos
不列颠（酒吧） El Británico
布朗库河街 Calle Río Branco
布劳略 Braulio
布罗 Burro
布塞厄区 El Buceo
布宜诺斯艾利斯大学出版社
Editorial Universitaria de Buenos Aires

# C

查尔斯·曼 Charles Mann
查科战争 Guerra del Chaco
查理五世 Carlos V
处决队 El Escuadrón de la Muerte
《创世纪》 *Los nacimientos*
《春》 *La primavera*
慈善夫人协会

La Sociedad de Damas de Beneficencia

## D

达尔顿兄弟 Los hermanos Dalton
达喀尔 Dakar
达西·里贝罗 Darcy Ribeiro
大腊肠 Salchichón
大叔 Tío
大杏仁树 Los almendrones
丹尼尔·卡瓦列罗 Daniel Cabalero
丹尼尔·帕切科 Daniel Pacheco
蛋奶糕 Los flanes
道奇汽车 El Dodge Dart
德达米亚奶奶 La Abuela Deidamia
德沃托 Devoto
迪纳摩队 El Dínamo
迪亚娜 Diana
蒂博尔·拜雷尼 Tibor Berény
蒂格雷 El Tigre
电传打字机 Las teletipos
迭戈 Diego
丁 Tin
《东南方》 *Sudeste*
独立广场 Plaza Independencia
杜邦 Du Pont
杜伊利奥街 Calle Duilio

## E

恩拉马达 Enramada

## F

法国广场 Plaza Francia
范妮 Fanny
菲科·沃戈柳斯 Fico Vogelius
费利佩 Felipe
冯 Foong
弗拉多·埃尔索格 Vlado Herzog
弗拉乔 Furagaio
弗赖 Frei
弗朗西亚 Francia
弗雷迪 Freddy
弗卢米嫩塞低地 Baixada Fluminense
弗洛伦西娅 Florencia
福克纳 Faulkner
福特猎鹰 Ford Falcon
富尔亨西奥·巴蒂斯塔 Fulgencio Batista

## G

干雪利 Jerez seco
格拉谢拉 Graciela
格兰迪埃拉 Gran Tierra
格兰玛号 El Granma
格丽尼奥里诺(葡萄酒) Grignolino
格洛丽亚 Gloria
公牛之血 Sangre de Toro
古铁雷斯·鲁伊斯 Gutiérrez Ruiz
瓜兰地区 La zona de Gualán
瓜尼亚莫 Guaniamo
瓜亚萨明 Guayasamín

Tinto Carcassone
卡夫雷利塔 Cabrerita
卡莱利亚-德拉科斯塔 Calella de la costa
卡里奥卡 Carioca
卡利托·多明格斯 Carlitos Domínguez
卡洛斯·基哈诺 Carlos Quijano
卡洛斯·威德曼 Carlos Widmann
卡马圭 Camagüey
卡纳里尼奥 Canarinho
卡尼亚尔 Cañar
卡乔·保莱蒂 Cacho Paoletti
卡斯蒂利亚语 Castellano
卡斯蒂略·阿马斯 Castillo Armas
卡斯特罗 Castro
卡塔里诺 Catarino
坎巴多 Gambado
坎德拉 Candela
抗议文化 Cultura de protesta
考迪罗 Caudillo
科尔多瓦 Córdoba
克拉拉 Clara
克拉里内斯区 La comarca de Clarines
克拉洛梅克 Claromecó
克莱门特·马罗金·罗哈斯 Clemente Marroquín Rojas
克劳迪奥 Claudio
克劳迪内 Claudine
克劳迪娅 Claudia
克里奥尔多那瓦 Tonadas criollas
克里斯蒂安 Cristian
克里斯蒂娜 Cristina
克鲁塞罗 Cruzeiros
孔孔 Concón
库里博卡 Curiboca

## L

拉奥罗拉机场 Aeropuerto La Aurora
拉波萨达旅店 Pensión La Posada
《拉丁美洲被切开的血管》 *Las venas abiertas de América Latina*
拉法 Rafa
拉瓜伊拉 La Guayra
拉拉瓜 Llallagua
拉里奥哈 La Rioja
拉马斯(酒馆) Lamas
拉莫斯(酒馆) Ramos
拉瓦列街 Calle Lavalle
拉亚松森 La Asunción
拉伊格拉 La Higuera
兰基尔 Ranquil
劳尔·森迪克 Raúl Sendic
老城区 La Ciudad Vieja
老莫里尼 El Morini viejo
雷蒙多·格莱策 Raimundo Gleizer
雷娜 Reina
雷涅·巴里恩托斯 Rene Barrientos
雷涅·萨瓦莱塔 Rene Zavaleta
利什曼病 La leishmaniosis
利托 Lito
联合果品公司 United Fruit

## M

munista Nacionalista Organizado）
明戈·费雷拉　Mingo Ferreira
魔鬼节　Las diabladas
莫内达宫　Palacio de la Moneda
莫妮卡·拉科斯特　Mónica Lacoste
莫萨里拉（干酪）　La muzzarella
莫斯克达　Mosqueda
莫塔瓜河　Río Motagua
母马洛拉　La yegua Lola
穆拉托　Mulato
木麻黄　Las casuarinas

## N

纳尔达　Narda
南方十字星　La Cruz del Sur
南区　El Barrio Sur
内格罗　Negro
内龚　Nengón
内娜　Nena
内在流亡　Exilio interior
妮科尔　Nicole
尼泰罗伊　Niteroi
尼亚卡瓦祖　Ñancahuazú
《牛奶米饭》　*Arroz con leche*
纽伯里　Newbery

## O

欧拉利娅　Eulalia

## P

帕查　Pacha
帕尔马　Parma
帕尔马里斯　Palmares
帕卡亚火山　El volcán Pacaya
帕科·埃斯皮诺拉　Paco Espinóla
帕科·乌隆多　Paco Urondo
帕里利亚　Parrilla
帕利托·奥尔特加　Palito Ortega
帕塔纳　Patana
帕特里西奥　Patricio
派桑杜　Paysandú
潘乔　Pancho
佩莱　Pelé
佩佩·巴里恩托斯　Pepe Barrientes
蓬塔阿雷纳斯　Punta Arenas
皮诺切特　Pinochet
普卡拉　Pucará
普拉多博物馆　Museo del Prado
普拉多大道　Paseo del Prado
普拉西多　Plácido

## Q

奇基塔·孔斯滕拉　Chiquita Constenla
奇迹童贞圣母　La Milagrosa
奇维尔科伊　Chivilcoy
恰拉会　La ch'alla
千万蔗糖计划　La zafra de los diez millones
《前进》　*Marcha*

## T

塔科布　Tacumbú
塔夸伦博　Tacuarembó
泰迪·罗斯福　Teddy Roosevelt
《太阳》　*El Sol*
陶氏化学　Dow Chemical
特鲁维尔　Trouville
体育人咖啡馆　Café Sportman
图尔基诺峰　El Pico Turquino
图皮南巴（咖啡馆）　Tupí Nambá
托雷斯　Torres
托雷斯酒庄　Bodega Torres
托隆（酒馆）　Tolón
托梅　Tomé
托斯卡诺（雪茄）　El toscano
驼背山　El Corcovado

## W

瓦尔帕莱索　Valparaíso
瓦莱里娅　Valeria
《危机》　*Crisis*
维拉卢加诺　Villa Lugano
韦罗妮卡　Verónica
委拉斯开兹　Velázquez
温贝托·比努埃萨　Humberto Vinueza
温莎　Windsor
翁布树　Ombú
《我们的歌》　*La canción de nosotros*
乌迪内　Udine
乌尔比诺　Urbino
乌弗莱卡酒馆　La taberna Ufleka
乌拉圭河　Río Uruguay
乌马瓦卡　Humahuaca
乌鸦（酒馆）　El Ciervo
无名　Anónima
无染原罪始胎圣母　Nuestra Señora de la Concepción
吴庭艳　Ngo Dinh Diem
五月广场　Plaza de Mayo

## X

西尔维奥·弗龙迪齐　Silvio Frondizi
西尔维娅　Silvia
西凯罗斯　Siqueiros
下帕塔纳　Patana Abajo
响葫芦　Maracas
小城区　Malá Strana
《小丑》　*The Clown*
小迭戈　Dieguito
小方饺　Ravioles
小葡萄（酒）　Uvita
小蛛网（酒吧）　La Telita
蟹饼　Casquinhas de sirí
新反共组织　La NOA（Nueva Organización Anticomunista）
幸运小鹦鹉　La cotorrita de la suerte

## Y

雅拉　Yala

雅拉河 Río Yala
亚历杭德拉·阿杜姆 Alejandra Adoum
亚历杭德罗·蒙多尔菲 Alejandro Mondolfi
亚诺斯平原 Los Llanos
亚松森 Asunción
耶稣圣心 Corazón de Cristo
野蛮人（酒吧） Al Bárbaro
伊赖达 Iraida
伊萨卡霰弹枪 Itakas
伊萨瓦尔湖 El lago Izabal
伊万·埃圭斯 Iván Egüez
音乐咖啡馆 Café I Musici
《应许之地》 *La tierra prometida*
尤妮斯 Eunice
约鲁巴 Yoruba
月亮（酒吧） El Luna

## Z

泽尔马·米凯利尼 Zelmar Michelini
泽·费尔南多 Zé Fernando
《这里》 *Aquí*
自杀岩 Peñón del Suicida
自由（监狱） Libertad
自由广场 Plaza Libertad
尊严殖民地 Colonia Dignidad

# 译后记：真正美好的事物

我自身也好，
身外世界也罢，
有没有些“真正美好的
　事物”呢？
哪怕是敌人也无妨，
无法触及亦可，
我只求知晓它的存在。

八木重吉

这是一本残酷的书。在阅读、翻译、修改它的十个月里，我很多次如鲠在喉无法自持，赤裸的历史被他平铺在面前，没有任何冗杂的渲染，当现实比艺术所能设想的更加残酷，连形容词都显得多余。这是一本私人的书，加莱亚诺只是在这些长短不一的段落篇目里“与自己的记忆对话”，而我像一个不小心捡到日记本的粗心人，毫无准备地打开一颗历经沧桑的心。这是一本热切的书，因为足够清醒的作者目睹多少死亡，经历多少告别，都没有因此失去热情。当强权机器试图把每个人变成一个没有心的齿轮，他没有被摧毁，也始终没有被变成和“他们”一样，没有像接受冬天的寒冷一样接受恐怖。

在他编年体的讲述里，一群乌拉圭人每周都有一天清早出发泅渡乌拉圭河，去阿根廷朗读在祖国被禁的《危机》杂志；一个充当陷阱的女人爱上了自己应当抓捕的男人，眼睛里笼着奇怪的阴影说“我懂得失去”；一个会在“我”笨手笨脚把卷烟又弄灭的时候挑起一块火炭靠近的男人，曾经被埋进地底不见天日，扛过痛苦与暴力的考验却依然保持温柔；旧年夜一个智利女人和一个巴西男人在远离故土的地方分享巴黎火车的车厢以及悲伤；在乌拉圭一座监狱，囚犯们没法把卡彭铁尔的《光明世纪》读下去，因为他们从中感受到海浪的喧嚣碎在大船的龙骨上，看见破晓时分天空的脉搏；刚刚坠入爱河的女人和爱人在赛马场输光仅有的钱只能走路回家，却体会到绝对的快乐，想冲到街上，拥抱路人，喊出“我爱他，出生即是幸运”；一个律师一生中最快乐的时刻是借着当庭对证的借口，让一对被捕两年无法相见的夫妻重聚：“我从没见过那样的拥吻”。

还有那些偾张着拉美大地血脉气息的记忆：走进荒草

丛生的小礼拜堂，在百灵鸟和凤头麦鸡的喧嚣中和上帝聊天再失去他；从午睡里逃脱，几乎光着身子，纵身一跳抓住马的鬃毛飞奔，蹄甲轰鸣，散发汗湿兽皮的气味，呼吸炽热，属于年少的惊奇；战友中弹的时候第一发子弹先打到自己的嘴，伏在他的尸体上却没有嘴唇可以亲吻他；深夜寒冷里和心爱的女人走在路上，月光混沌，树盖摇摆出缓慢的波涛，世界在脚下温柔地旋转；一伙朋友在大马路上正对着布宜诺斯艾利斯最大的军营唱歌跳舞，转得像陀螺，在地上打滚，跳高，高喊着生活多美啊摔断一只脚，军营的探照灯锁定这帮疯子，哨兵却没有开枪。

这是一本残酷的、私人的、热切的书，只是，也许在合上书的瞬间，也许某一天坐在火车上朝着阳光驶去的时候，或者某个晚上在酒吧和朋友长谈的时候，一个加莱亚诺的读者会恍然大悟，原来这是一本关于真正美好事物的书。原来他是想说，爱是真正美好的事物（“我对你说，或是你对我说，活下来是值得的”），信仰正义是真正美好的事物（“大雨冲刷围墙，白色涂料渐渐溶解。那些激烈固执的话语又一点一点重新浮现”），自由是真正美好的事物（“我们还活着，这是最重要的。让流亡成为另一个可能的国家的见证”），希望是真正美好的事物（“二十年后，我会给我的儿子讲现在这些事，我希望他看着我的眼睛不相信我，希望他说我骗人”），写作是真正美好的事物（“我为此而生。这将是我在死后与他人相处的方式，这样所有我爱过的人和事不会随我死去”）。他知晓并让我们知晓：真正美好的事物是存在的，是值得希望和争取的。

一如书名中有“战争”亦有“爱”，这本小书令人震颤的历史恐怖之下，始终暗涌着对“自己人”（亲人、爱人、战友……）的温柔。有时想来，人世感情的互通之处大抵可以超越语言、立场与国界，这或许才是最好的翻译。译后记行至文末，在全书唯一短暂属于译者的私人空间里，我却深感只有加莱亚诺书中的话可表心意：

“我的身体走过那么多路，那么多摔倒和迷失，它长大是为了遇见你。”

——献给这本书稿的第一读者和更幸福的一年。

汪天艾

2015年3月30日

西班牙马德里城北

# 补记：第三次死亡

每个人都按照自己想
要的方式步入死亡。

爱德华多·加莱亚诺

他的第一次死亡在十九岁那年。孤独、疑惑、斗争而无从解脱的少年人。可以放倒一匹马的安眠药。他在书中写，“我对第一次生命唯一的记忆就是紧闭的房门漏进一小条光线，我沉入一个永不完结的平静夜晚。”在医院醒来之后，他自述第一次看见世界，惊觉此后的每一天都是多余的馈赠，虽然悲伤从未走远，却就此可以写作，他开始署母姓加莱亚诺发表文章。

他的第二次死亡在三十岁那年。一个月里两场疟疾，用掉可以救活一匹马的奎宁。濒死的他僵直地躺在一群麻风病人中间，他意识到自己的记忆与求生欲望之间堆积着层层叠叠的痛苦，但是每一次死里逃生都是因为“那不是我选择的死亡”，这条在波涛中逆流而上的小船还没有到港，哪怕不断被激流向回推到过去，还是努力向前划，哪怕最后发现没有任何属于它的海港，这场为了追随星途大海的征程依旧值得。

他的第三次死亡在今天，2015年4月13日，七十四岁零七个月零十天。马德里平静的午后突然跳出的新闻，我尚未回过神来已经泪流满面，仿佛翻译这本书让我对他生出仿佛相识的感情，一时间里面的字字句句涌上心头，最后却一句话都说不出来。接着，我看到不同人回忆起他某本书里的某个句子或者某个故事，看到他们以各自的方式说起自己曾经在生命中的某个节点被他抚慰、鼓舞、影响或改变，因为他去思考，去爱，去信仰，去斗争。

恍然想到，如果说，他的第一次死亡如同洗礼，让他第一次看清生命如获新生，第二次死亡如同坚信礼，让他确知自己为追捕词语而生，那么，这第三次死亡不正如复活，我们几乎可以看见他叼着烟微笑着调戏丧气的死神——男人早已掏空自己，把所有的气力和情感留在这一世，死亡找不到任何东西可以带走。与此同时，作家的生命将随着他的文字不断出版、再版、重印、被翻译成各种互不相识的语言，最后被一双手从书架上取下打开，被一双眼睛在阳光或者台灯下阅读。

加莱亚诺写过一个故事：一群小偷从一位老人家里偷走了一个锁得死死的箱子，跑到很远的镇子才打开，发现里面装着老人年轻时收过的情书。小偷们经过严肃激烈的讨论，决定每周给老人寄一封回去，于是老人在余生的每个星期都收到一封来自过去的情书。今天以后，加莱亚诺终于和他在这本书中记录的那些先他而去的人们重聚，也许他们正围坐在篝火边嬉笑怒骂，而我们无缘拜读他在另一个时空继续讲下去的故事。好在，他还留给这个世界一只箱子，往后的岁月我们依旧能定期收到来自另一个时代却温度丝毫不减的情书，每一次揭开火漆、铺平信纸的时候，他就被想起一次。这封"情书"也许会给两个怯懦的人相爱的勇气，也许为一个困惑的年轻人打开一扇窗，也许让一个倦怠的中年人重拾最热血沸腾的时刻，也许……如我翻译过的一本墨西哥小说所写，"最终，这才是重要的，一个人因为他的话语有改变人心的力量而永远留在我们的记忆里。"

谢谢你，堂爱德华多·加莱亚诺。

满怀感激的译者和读者：汪天艾

2015年4月13日夜　草就